AF238957

FINNS DET PLATS FÖR MIG I VÄRLDEN?

Berättelser kring
ensamkommande från Afghanistan
Redaktör Margareta Söderberg
Layout Monica Mohlin
Bild Micke Berg

Alla som medverkat till den här bokens tillblivelse,
har gjort det utan ersättning.
Överskottet går till Föreningen Stöttepelaren –
Stödförening för ensamkommande unga
Bankgiro 5228-2381

© 2019 Söderberg, Margareta
Redaktör: Margareta Söderberg
Bild: Micke Berg där inte annat anges
Layout: Monica Mohlin
Förlag: BoD – Books on Demand, Stockholm, Sverige
Tryck: BoD – Books on Demand, Norderstedt, Tyskland
ISBN: 9789177854937

KÄRLEKEN

Människan är ett underligt djur.
Hon kan som ett monster av kärlekslöshet
utföra fasansfulla handlingar mot sin egen art.
Samtidigt kan hon utan betänkande satsa allt –
av kärlek till sin nästa.
Trotsa alla konstruerade gränser mellan människor,
nationer, kulturer, religioner, generationer - av pur kärlek.
Den kärleken lever i dessa berättelser.
Den är den starkaste kraften.

JAG VILL VARMT TACKA alla som bidragit med sina berättelser, dikter och bilder till den här boken!

Tack för förtroendet att få dela er djupaste känsla och smärta!

TACK Ingrid Eckerman för arkivet på stoppautvisningarna.blogspot.com där jag hittat mycket material till boken!

TACK Monica Mohlin för all datateknisk hjälp inför tryckning av boken som jag inte klarat själv!

TACK Karin Fridell Anter för hjälp och uppmuntran!

TACK PÅ FÖRHAND till alla som vill hjälpa till att sprida den här boken!

OCH TACK Micke Berg för dina fantastiska bilder!

Margareta Söderberg

FÖRORD

När jag läser de här berättelserna vill jag tro att jag befinner mig i en annan tid, på en annan plats, i en annan del av världen. Men jag befinner mig i mitt eget land, i Sverige, här och nu.

Den himmelskriande tragedi och orättfärdighet som utspelas inför våra ögon. Om vi vill se. Men vi vill inte se. Så vi blundar. Vi sluter våra ögon, stänger våra öron och låter vårt huvud fyllas av allt som måste fungera i vardagen; jobbet, barnen, ekonomin, semesterresan, våra gamla föräldrar... Det finns mer än nog att fylla sina dagar och nätter med. Vi har inte plats för mer än det vanliga.

Kanske vi alltid beter oss så, de flesta av oss. Håller oss till det vanliga, det välbekanta, släpper inte in det främmande. Det gör oss osäkra, besvärade, och vi vänder oss bort. Kanske är det alltid så. Vi ser inte, vill inte se medan det pågår. Först långt efteråt ser vi vad som hände, och förstår inte hur vi kunde låta det hända. Hur de på andra platser, under andra tider kunde låta det hända. Vi har sådant i vår egen historia, i närtid, som vi i dag inte kan förstå att det kunde hända, kunde tillåtas hända.

Och just nu händer det som inte kan tillåtas hända. Den här boken är ett vittnesmål. Vartenda ord är sant. Vi låter det hända. Våra myndigheter genomför rättsvidriga, omänskliga beslut och verkställer dem. Och vi låter det hända.

Vårt land sänder med öppna ögon och berått mod barn och unga som sökt en fristad här, tillbaka till krig och livshotande förföljelse. Ungdomar som har rotat sig här, gått i skola här, lärt sig vårt språk, vill bli nyttiga samhällsmedborgare här, och med oro väntat i flera år på att få bli det. Men som istället låsts in i förvar i månader i ångestfylld väntan på sin utvisning.

Och tragedin slutar inte där. De tusentals familjer och yrkesverksamma som har öppnat sina hjärtan för dem som sina egna barn, de står där nu med ett trauma, en sorg och vanmakt som får dem att vackla. Som nästan inte går att bära. Familjer krackelerar, sjukskrivningar, depressioner, skolproblem...

Här växer också en djup klyfta i vårt samhälle. Hundratusentals vanmäktiga medborgare tvingas se sina folkvalda som iskalla motståndare, agerande över huvudet på sina väljare, oåtkomliga för all form av kommunikation. Civil olydnad och ickevåldsaktioner. Med kvinnorna i täten, växer motståndet mot ett system som underminerar demokratin. Ett system som kör över sina medborgare och lagenligt sanktionerade mänskliga rättigheter. När det händer i andra delar av världen kallar vi det diktatur.

Vi är en del av världen, antingen vi vill eller inte. Vi har haft bättre odds än de flesta, men låt oss inte sätta oss på höga hästar. Tvärtom. Vi borde vara ödmjuka. Få av oss som lever nu, kan ta åt sig äran av att ha skapat det allmänna välstånd som vårt samhälle alltjämt vilar på. Men det har naggats hårt i kanterna och undermineras undan för undan av starka ekonomiska intressen.

Vi behöver bli fler för att kunna bibehålla omsorgen om varandra som är så skör. Vi behöver unga krafter. Så i stället för att sätta utsatta grupper mot varandra – låt oss se dessa unga som våra räddare i en underbemannad vård och omsorg!

Vi behöver dessa ungdomar och de behöver oss. Så vad väntar vi på?

Margareta Söderberg

KOM

Kom att jag och du ska bli vi,
Vägen är svårt men vi kan klara det med varandra,
Vintern är kallt men vi kan klara det med varandra,
kom och håll i min hand så jag håller dina,
Kom bara en steg fram så jag kommer två stegar,
Kom och ge mig en krama så jag ger dig hela mitt liv,
Kom att jag och du ska bli Vi,
Kom håll min hand så jag håller din,
Kom bara en steg fram så jag kommer två stegar,
Kom ge mig bara en kram, jag ger dig hela mitt liv,

Mohammadamid Faqirzada

Assad Yusufi
27 mars 2019

VARFÖR EGENTLIGEN LEVER JAG?

Hej.
Låt mig ta lite eran tid och skriva lite innan jag lämnar Sverige.
Jag kanske kommer att lämna Sverige snart!
Jag funderar på vad egentligen händer om jag gör det?

Naturligtvis ingenting!! Antagligen några i den här gruppen kommer att tycka litet synd om mig och sedan glömmas jag bort igen. Så är det livet tyvärr! Saker för er kommer att fortsätta som det ska. Det händer ju ingenting. Ingenting förändras. Ni bara blir av med en liten levande varelse som sprang hit och dit för kunna överleva. Inget mer!

Men så lätt och enkelt är det inte för mig. Mina glädjer mina sorger och ångest, mina vänner, mina studier som jag inte lyckades göra de färdiga, mina böcker som jag inte hann läsa dem färdigt, mina drömmar som inte uppfylldes och alla mina goda och dåliga minnen av Sverige kommer att finnas kvar i det här landet, fast ni inte kommer att se eller känna dem.

En ny värld med massa hemska saker och svårigheter väntar på mig i nästa steg av mitt liv. Det känns som att jag och många andra är födda för att lida.

Varför egentligen lever jag?

Mohammadamid Faqirzada
8 april 2019

FRÅGA MIG INTE

Fråga mig inte att
varför ditt ansiktet är så här?

För att det regnar blod över mitt hemland,

Fråga mig inte att varför du är så ledsen,

För att jag har aldrig sett leende
på mammors läppar i mitt hemland,

Fråga mig inte att
varför ditt hjärta är så här,

För att det har gått sönder för länge sedan,

Fråga mig inte att
varför du är så trött,
Jag har sprungit över flera länder ensam
och med flera önskar,
men kolla att vad de har gjort med mina önska,

Fråga mig inte att
hur ser ut Månen,
för att det är länge
som jag har inte sett min mammans ansiktet.

Fråga mig inte att vad har du för dröm.
Här får jag inte drömma

Fråga mig inte att vad har du för plan.
Här får jag inte planera

Fråga mig inte att, Har du bestämt dig.
Här får jag inte bestämma

Elin Arwengrim
22 november 2018

JAG TRODDE ALDRIG JAG SKULLE KLARA

Idag transporteras du. Jag vet inte hur. Jag vet inte var. Jag vet bara att.

Du orkade inte vara kvar i Sverige utan valde flykten igen. Flykt i ett annat europeiskt land. Flykt från Sverige. För att finna hopp.
Men polisen fann dig. "Elin, jag vet inte var jag ska. Jag tror inte jag kommer direkt till förvar i Sverige. Jag tror en annan plats här först. Elin, lova att du letar efter mig" Jag lovar. Jag letar tills jag hittar dig.

Jag trodde aldrig jag skulle klara att du skulle få tredje avslaget. Jag klarade det.

Jag trodde aldrig jag skulle klara att du skulle få avslag på verkställighetshinder och överklagan. Jag klarade det. Jag trodde aldrig att jag skulle klara att ta emot din enkelbiljett till Kabul. Jag klarade det. Jag trodde aldrig jag skulle klara ha dig ute på flykt på gatorna i Europa. Jag klarade det. Nu kommer jag en dag bli tvingad att bli besökare på förvar. Jag kommer att klara det.

"Elin, det är oändligt dåligt nu. Mitt liv" Jag vet. Men vi kommer att klara det. Tillsammans.

Mars 2019

Nu sitter han i svenskt förvar.
Det är inte de hårda träbänkarna som är enda möblerna i besöksrummet, inte de långa krampaktiga kramarna när vi inte vill släppa varandra, inte de tragiskt slitna lokalerna eller den arroganta personalen som känns svårast när jag besöker M på förvaret, utan

det är den där sista blicken. Blicken när första glasdörren är stängd mellan oss och jag förs bort av två i förvarspersonalen mot ytterdörren. När vi ser på varandra genom glaset och båda försöker pressa fram ett leende. Samt vetskapen om att det finns inget han hellre vill än att få följa med mig.

Det är det som "sliter hjärtat ur kroppen" på mig och som gör att jag efter mitt besök sitter och skakar i bilen.

19 maj

"Elin, de satte handbojor på mig och låste fast i ett bälte. Jag hade ont i hjärtat hela vägen."Elin, efter halva resan fick jag en drickflaska. Jag var törstig men det går inte att dricka fastlåst på det sättet. Jag fick dricka när jag kom fram."

Att transportera en människa som inte är farlig och inte begått något brott i ca sex timmar (från ett förvar till ett annat) på detta sätt är brutalt och kränkande. Hans enda "brott" är att han sökt asyl i Sverige och nu ska utvisas.

"Elin, tror du de gör samma på tisdag när de kör mig till flygplatsen?"

"Jag vet inte A, jag tror det kan bli så. Du måste hålla dig lugn, det blir bara värre om du gör motstånd."

Han går sönder. Jag går sönder. Han har gett upp. Jag vägrar sluta kämpa för honom.

Tisdagen 28 maj 2019

"Elin, nu är de här och hämtar mig. Nu är det min tur."

Har pratat med dig flera gånger idag. Rädd och stressad. Du visste att idag ska du utvisas till Kabul men du visste inte vilken tid. Du skulle försöka få en chans att ringa och säga hejdå. Det gjorde du. Tack .

"Elin, jag har så mycket stress."

"Du klarar detta A. Det kommer bli svårt och tufft...men du kommer klara det. Andas lugnt. Bråka inte. Gör som de säger. Fråga personalen om en lugnande tablett...". Så vidriga råd jag har gett dig.. Men hela situationen är vidrig.

"Elin, jag ringer mannen du gett mig numret till så fort jag landar. Sen ringer jag dig." "Bra. Jag väntar redan på ditt samtal..."

9 juni

Jag sitter i hotellets foajé med fina guldklockor och sammetsfåtöljer och dricker kaffe. A skriver till mig från Kabul. Han är rädd. Han har sett död.

Han ska imorgon försöka ta sig till hembyn för att få fram tazkira. En bilresa på 3,5 timme under lugna omständigheter. Men det är inte lugnt nu. Det är krig.

"Jag åker imorgon Elin. Jag vet inte vad som händer."

"Skriv till mig när du är tillbaka till Kabul. Jag kommer vara orolig hela tiden. När ska jag bli rädd för att något hemskt hänt?"

"Va inte orolig Elin. Jag är inte rädd för att dö. Jag är trött på livet. Jag skulle bli glad."

Jag sätter upp handen för munnen och vänder mig ut mot fönstret. Vill inte någon ska se att jag är tårögd. Guldklockan bredvid mig är inte fin längre...

—

" Elin, oroa dig inte. Talibanerna krigar mycket här i Ghazni. När de krigar mycket och dödar så fungrar inte internet. Oroa dig inte Elin, jag skriver till dig så fort jag kan igen."

Teresie Nilsson

EN KONTUR I ETT FÖNSTER

Det är onsdag, jobb, glada kollegor, lång arbetsdag och sen avslut och i rusningstrafik mot Märsta och förvaret. Det är jag och en fantastisk kvinna som går in. Vi har mycket att göra, många att träffa och stötta men så litet tid och så litet makt.

Den ena killen avlöser den andra. Vi sitter med telefontolkar, lyssnar och ger råd, förundras och äcklas. Äcklas av miljön, de kala väggarna, den dåliga luften, det kalla och omänskliga, det omoraliska och fruktansvärda med förvar...

Vi möter fantastiska människor med otrolig styrka, stort mod och enorma hjärtan. Trasiga hjärtan, rädda hjärtan. **A** berättar om våldtäkter, **B** berättar om ensamhet, **C** gråter, **D** har mist sina barn, **E** håller på att förlora förståndet. **F** är barfota efter att ha blivit bestulen på sina skor, **G** vill ha kontroll men är maktlös, **H** berättar för första gången om sin homosexualitet, **I** är konvertit och **J** ateist. **K** försökte ta sitt liv, **L** har gett upp och vill hem, **M** vill bara sova, **N** har fått svamp och tappar sitt hår, **O** sitter på knä och ber om hjälp, **P** är tyst, **Q** serverar oss kaffe medan han berättar om hur han förlorade sitt ben efter att ha utvisats till sitt hemland i krig – nu ska han utvisas dit igen...

R tittar på tv och **S** pratar i telefon, **T** undrar vilka vi är och vad vi kan göra för honom, han är politisk flykting och har blivit torterad och suttit fängslad i isoleringscell i 6 år.

U är en god vän som inte sett världen utanför på 10 månader, **V** syns inte till, **X** har släppts ut, **Y** röker på balkongen och tittar tomt mot himlen, **Z** vill förstå avslaget på överklagan, **Å** ger mig en kram, **Ä** har nyss tagits i förvar och är helt ovetande om det helvete han just trätt in i, Ö väcktes mitt i natten och togs av polisen till häktet, han blev av med något som var hans och blev upprörd och arg.

Klockan är halv tolv och vi står ute i mörkret utmattade, tomma, tunga, men motiverade, engagerade och bestämda. Tyst lovar vi varandra att göra allt vi kan för att förändra världen. Hon åker till sitt och jag till mitt. Hemma sover mina barn tryggt. På kvällen går telefonen varm. Advokater måste förordnas, verkställighetshinder måste skrivas, pengar ska samlas in...

Foto Teresie Nilsson

En bild säger mer än tusen ord. Tagen igår utanför förvaret i Märsta. Jag vinkade och du vinkade tillbaka och log.

Sverige, idag skäms jag.
Det känns som jag står still i en värld där människor tappat fokus på vad som är viktigt. Är det bara jag ibland denna stora massa som är

fylld av sorg, uppgivenhet och frustration över det faktum att över 40 unga människor planeras deporteras till Afghanistan idag? Hallå !!!! Hallå!!! Hörde ni? Unga fina människor ska utvisas till ett land i fullt krig!!! Hör ni? Hör ni mig?

Alla bara springer på, ingen stannar upp, ingen lyssnar...

Jag tänker på killen i fönstret på bilden, på hans vinkning...

Jag tänker på ungdomarna och alla fantastiska medmänniskor som stod utanför förvaret igår, de som sov utanför inatt, de som kommer demonstrera och kämpa idag.

I kväll fylls ett chartrat plan som kostar miljoner av skattebetalarnas pengar av unga, rädda, förtvivlade ungdomar som bott i Sverige i 3-4 år, som talar svenska, identifierar sig som svensk/afghaner, har fått svensk utbildning, bott i svenska familjer, fått nya mammor och pappor.

I Kabul kommer förhandlingar ske gällande dem som inte tas emot, något sägs, något gör och vips är problemen bortblåsta. Ungdomarna får hotell några dagar sen väntar gatan. Flykten startar om, utnyttjandet börjar om, hotet är stort och döden viskar tyst bakom vart öra. Homosexualitet är förbjudet men om de tuffar till sig är det ingen som behöver förstå, ser allmänheten tatueringen formad som ett kors dödas du men se till att ha långärmat så syns den inte, har du andra politiska åsikter – var tyst, är du en framgångsrik idrottsman, bli sämre så blir hoten inte lika stora. Göm dig, gör om dig och glöm dig så överlever du.

Jag tänker på killarna på avdelning 3. Hur mår de nu? Kan jag göra något? Har jag gjort allt, har jag försökt med allt? Än är de kvar men senare i kväll? Kommer de vara kvar? Kommer Sverige vakna och stoppa denna fullständiga tragedi? Kommer politikerna plötsligt sluta kasta paj på varandra och inse vad som håller på att hända?

Igår när jag skulle besöka en kille i förvaret meddelades vi i sällskapet att besöket skulle övervakas. Vid ifrågasättande sades orsaken ligga i att det upptäckts narkotika på avdelningen. Alla besök skulle övervakas, ett beslut som fattats högre upp. Jag begärde beslut på övervakningen men orkade inte argumentera. Det kan ju diskuteras om kapitel 11 paragraf 4 verkligen är applicerbar i denna situation. Narkotika? Bullshit! Det här handlar om kontroll. Precis innan vi skulle gå in i besöksrummet meddelades att vi inte fick ha någon fysisk kontakt. Pojkens "mormor" som var med oss höll på att bryta ihop. Killen ska utvisas och om det blir så kommer vi troligtvis aldrig se honom igen. Hon har haft honom i sitt liv över ett år och nu fick de inte kramas? Lägg av! Jag begärde att få tala med teamledaren om det absurda i ett förbud mot fysisk kontakt i ett läge som detta! Teamledaren kom aldrig men förbudet hävdes.

Har ni varit med om att sitta framför någon och samtidigt tänka: i morgon sitter han inte här. I morgon forslas han bort likt ett icke identifierat boskapsdjur, bort ifrån livet, möjligheterna, vännerna, familjen, hoppet och kärleken. Tanken att han skickas mot fara, rädsla, våld, tortyr, död gör att det vänder sig i magen. Huvudet tynger och hjärtat brister. Igår var han där, idag hoppades han, nu väntar vi, om någon timme är han kanske borta?
Ett litet litet ljus av hopp lyser upp allt det mörka... ska det försvinna eller lysa starkare? Snart vet vi.

En kontur i ett fönster, en själ, en människa, ett liv...

Ellinor Broms

SJU LÅNGA MÅNADER HAR HAN VARIT I FÖRVARET

I förmiddags ringde Amir till mig, han var alldeles lugn på rösten.

"Idag kommer dom och hämtar mig, jag är helt säker, mamma." Han hade inte fått veta något innan, men han kunde tyda personalens agerande. När jag ringde igen efter någon halvtimma var hans telefon avstängd...

Sju långa månader har han varit i förvaret, sett mängder av andra deporteras, andra som har fått sin frihet. 6 veckor fattades för att han skulle få stanna enligt den nya gymnasielagen. 6 veckor - ett liv.

Ungefär en gång i veckan har vi träffats, och i förvarets torftiga besöksrum har vår kontakt djupnat. Vi har skrattat massor tillsammans, varit ledsna, pratat om ditt och datt, spelat mobilspel, ätit tårta, legat på golvet och tittat på vandrande stjärnhimmel och fantiserat oss bort, pratat allvar, om kärlek, om politik, om religion, om reservdelar till bilar, om Sverige, om Afghanistan, och så har han fixat min telefon och lite andra smågrejer. När en timme gått går jag ut i friska luften och personalen kollar Amir så jag inte gett honom något farligt innan dom låst in honom. Hembakade bullar i vanliga plastpåsar går inte att ta in.

Han är inte dömd för något. Han har inte begått något brott. Han ville bara stanna här där han lärt sig läsa och började känna sig trygg.

Amir kom som så många andra till Sverige för tre år sedan. Han flydde tillsammans med sin mamma och sina syskon men de skiljdes åt av vakter vid en gräns och har aldrig setts eller hörts igen. Han har ingen annan familj i Afghanistan som vill honom väl. Eller kanske lever inte den där mannen, det vet vi inte. Amir kan inte läsa eller skriva på sitt modersmål, men han skriver och läser och pratar svenska. Han är fantastisk med sina händer, han jobbade med sin pappa som bilmekaniker tills pappan dog, han fixar det mesta och älskar att lösa problem. En bilverkstad hade blivit lycklig över honom om han fått gå färdigt den gymnasieutbildning han börjat här. En reko kille. En hyvens kille. Hela tiden har han hållit fast vid det han tror på, sin sanning. Om och om igen har han förklarat och berättat för migrationsverket och gränspolisen varför han kom hit och varför han vill stanna här och fortsätta skolan för att kunna jobba på en verkstad och leva ett helt vanligt liv. Utan krig. Utan konflikter. Utan dödshot. Men han blev inte trodd. Han hade ju inga papper. Och kunde inte bevisa vad som hänt. (han hade ingen videokamera när det där hände som gjorde att de flydde) De månader han suttit i förvar har kostat i runda slängar 800 000 kronor, då räknar jag inga kringavgifter.

(Källa: http://vistarinteut.org/apropa-kostnader/)

Om... om han i stället fått gå i skolan... fått fortsätta den väg han hoppades få gå, trygg, inga stora krav, ett vanligt liv... och han är EN människa. Så många fler vars liv just nu liknar hans här i Sverige. Någonting håller på att gå förlorat i vårt samhälle, något som har med vanlig mänsklighet att göra. Och nej, jag är ingen flummig aktivist, men jag håller fast vid det jag tror på. Och jag tror det är för mycket naturvetenskapligt perspektiv med djupt farliga bruna och svarta skyar som driver in över oss, men nederbörden har inte fallit ännu. Men ska vi prata ekonomi, så kostar det oändliga summor att försöka skicka tillbaka dem som Sverige, politiker myndigheter och allmänheten välkomnade. Faktiskt var det så. De flesta som kom är rätt vanliga. Vill jobba. Och vill leva. Som du och jag. Några är stökiga och kriminella. Man kan bli det när man inte räknas.

Just nu vet jag inte var Amir är. På ett flygplan österut? I ett annat förvar i Sverige för att deporteras i grupp? För vidare befordran till ett annat land som ska deportera? För Amir får inte ha någon kontakt med omvärlden nu. Det var ren tur att han var så smart och fattade i morse, att vi hann säga vi hörs och ses igen. Skriv snart!

Idag tänder jag det första ljuset i advent för dig Amir. Du som blivit en son i mitt hjärta. Vi hörs snart. Och ses igen.

2 december

Måndag. Nu vet jag att han med handfängsel på hela vägen, transporterades till ett förvar på andra sidan landet. Varför? Ingen berättar. I detta förvar tycks man nu samla ihop afghaner, så slutsatsen är lätt att dra.

Bitti Lindmark
20 januari 2018

EFTER TVÅ DAGAR KOM DÖDSHOTET

Alis resa från Sverige till Iran

Först av allt vill vi tacka alla underbara människor i Sverige som hjälpt mig att hjälpa Ali som blev deporterad till Afghanistan i våras. Den halvårs långa mardrömslika tillvaron är över. Vi är innerligt tacksamma från djupet av våra hjärtan!

Ja, Ali dumpades, så illa var det, på Kabuls flygplats efter att ha deporterats från Sverige.
Det var första gången Ali satte ner sina fötter på afghansk mark.

Föräldrarna flydde till Iran innan Ali föddes, eftersom de var hazarer och förföljda. De två första nätterna vandrade Ali omkring i Kabul utan att veta vad han skulle ta sig till. Den så kallade hjälpen som Migrationsverket säger sig ge till de deporterade fanns inte i Alis fall. Ingen som mötte upp honom, inget mottagande alls.

Efter två dagar kom dödshotet, från någon avlägsen släkt. De till och med försökte få tag på Ali genom mig. Lyckligtvis fick Ali hjälp att gömma sig i Kabul och vi fick möjlighet att skicka pengar till en pålitlig person med tazkira. För någon sådan hade inte Ali som vistats papperslös under alla åren i Iran.

Första söndagen ringde en mycket rädd och ledsen Ali, och berättade att en bomb briserat cirka 20 meter från den bostad i Kabul han befann sig i.
Efter ytterligare några dagar hade Ali lyckats ta sig till en av de farligaste städer och provinser i Afghanistan för att kunna få en

tazkira, eftersom pappan varit folkbokförd just där. Utan tazkira hade livet i Afghanistan varit än svårare för Ali.

Det som inte får hända hände. Ali blev påkörd och svårt skadad i ena benet, vilket medförde att han hamnade på sjukhus, med operation som följd. Där, i den farligaste av städer i den farligaste av provinser, hade Ali en enda vän som fanns för honom, en vän han träffat i Kabul som följt honom dit och nu hjälpte honom med konvalescensen. Ali stod där med en stor räkning som skulle betalas till sjukhuset. Jag hade gett Ali ett löfte att finnas för honom, om än långt borta från Afghanistan, men tills han var utom all fara. Underbara människor i Sverige hjälpte och jag lyckades samla ihop till sjukhuskostnaden.
Vilken situation hade Ali annars befunnit sig i? Utan anhörig, i ett land han aldrig tidigare varit i.

Tyvärr blev Ali fängslad, vilket vi vet, kan hända bara för att du råkar prata farsi-dari där poliser pratar pashto eller där du träffar en flicka som du blir kär i.
Efter en månad släpptes Ali och min oro under den månaden ska vi inte ens gå in på. Ingen visste var Ali befann sig.

Men dagen då Ali släpptes fri ringde han mig och sa att han inte orkade kämpa längre, han ville bara dö.
Jag svarade att det var inget alternativ, han skulle tillbaka till sin afghanska mamma i Iran. Det löftet hade vi gett varandra.

Det blev åter igen tyst från Ali och jag befarade det värsta.
Efter två veckor fick vi plötsligt åter kontakt. Ali hade lyckats ta sig till Iran med hjälp av människo-smugglare. Dessa försökte pressa oss på pengar för att låta Ali gå fri och återförenas med sin afghanska mamma. Av någon anledning släpptes Ali ändå fri och vi kunde andas ut. Alis möte med mamman som varit sjuk en tid och är svårt sjuk, var både en lättnad och en chock för Ali som grät hejdlöst i telefon när vi pratade med varandra.

Idag är jag lättad, men samtidigt ledsen för allt Ali utsatts för. Det enda han ville var att försöka få en trygg tillvaro i Sverige. Men hans år i Sverige blev inte alls det han hade tänkt sig. Oron under asylprocessen var honom stundtals övermäktig. Han hölls månader i förvar för att sedan, av svenska myndigheter, sättas på ett plan, destination Afghanistan. Landet där han aldrig tidigare varit.

Ali hade som papperslös i Iran inte heller chans att leva ett bra liv där, med rädslan för att tvingas till kriget i Syrien. Därav flykten till Sverige. Idag är Ali tillbaka hos sin mamma i Iran. Han arbetar tolv timmar varje dag, sju dagar i veckan, men är ändå tryggare där än i det land han utvisades till av Sverige.

En dag ska vi ses igen i Iran, det är mitt nästa löfte till Ali.

En dag ska jag få krama om honom och hans afghanska mamma.

Ahmad Jafari

MY HARD JOURNEY

Jag är från Afghanistan.
Jag kom till Sverige 26 oktober 2015.
Jag kom ensam, utan min familj.

Jag föddes i en by som heter Kajab. Varje år attackerade Talibaner, Kuchi och ISIS vår by. De kom om natten, när det var mörkt. Vi måste flytta till en annan plats. Vi kom till Gumbazi, nära bergen. Men talibanerna brände vårt hus där och hotade oss.

Jag måste fly, lämna min familj, mina vänner och mitt land. Jag kom först till Ghazni, sedan med buss till Ninorez . Där hittade jag en människosmugglare som sa att han kunde smuggla mig in i Iran om jag betalade.

*

I Turkiet stannade jag en vecka. Sedan skulle vi över det farliga Medelhavet där så många drunknar – barn och gamla, kvinnor och män - deras kroppar blir till fiskmat. Båten var för 8 personer och vi satt 55 personer i den där båten. En av mina kompisar frågade smugglaren – den här båten är för 8 personer. Varför sitter vi 55 personer här?
Smugglaren tog sitt gevär – om ni inte stiger av båten ska jag döda er. Ingen frågar mig. Stick iväg!
- Då blev vi tysta.

När vi började resan sa smugglaren att de skulle följa oss med kikare från land. Om något hände skulle de ringa polisen. Men när vi såg tillbaka efter en kilometer hade smugglarna flytt sin väg.

När vi kom mitt ut på havet var jag mycket rädd – det var så farligt! Några barn och flickor var väldigt svaga, nästan medvetslösa. Fortfarande kan jag vakna av skräck mitt i natten, och sedan kan jag inte somna igen.

Min resa började i min by i Afghanistan, genom Iran, där jag betalade pengar till smugglare. Sen reste jag genom Turkiet, Grekland, Makedonien, Serbien, Ungern, Österrike, Tyskland, Danmark för att till slut nå Sverige. Jag hade bra tankar om Sverige när jag kom fram. Jag hoppades att det var ett bra land och att mitt nya liv skulle börja här.

*

Hela resan till Sverige innebar en oerhörd risk.

Den värsta resan jag gjorde var mellan Nimroz till Iran och mellan Iran och Turkiet. Vi såg så många människor dö på den iranska vägen. Under första delen av resan mellan Ghazni och Nimroz var vi rädda för att bli halshuggna eller skjutna av talibaner. Vi satt 15 personer i en liten bil. Bilen var för 4 personer, men smugglaren pressade in oss alla femton i bilen.

Från Nimroz var resan mellan gränserna (afghanska, pakistanska och iranska) mycket farlig – vi åkte med en pickup genom berg och öken. Vi hade ingen mat och bara en enda flaska med vatten. Vi drack bara droppe för droppe, vattnet måste räcka hela resan som tog oss två nätter och en dag.

Vi satt många personer på ett flak och föraren körde mycket fort. Detta är ett farligt område med prickskyttar uppe i bergen och många vägspärrar där talibaner och ISIS kräver pengar för att man ska få passera. Flera människor ramlade ur den rusande bilen under vägen, men vi kunde inte stanna för att plocka upp dem utan var tvungna att fortsätta vidare. En man och en kvinna miste sitt barn som antagligen dog av uttorkning i hettan. De tvingades slänga av babyn i farten pga trängseln och paniken på flaket.

Fotografen okänd

Under färden fram till gränsen såg vi människor döda av utmattning och uttorkning.

I Iranska öknen såg jag så många familjer förlora sina barn. Bröder förlorade sina bröder, en man förlorade sin fru, en fru förlorade sin man, vänner förlorade sina vänner. Många blev tagna av polisen, många blev tagna av rövare och kidnappare. Jag förlorade min vän Omid. Omid blev skjuten på flaket bredvid mig av en skytt uppe i bergen.

På gränsen mellan Iran och Turkiet dog fler människor. Iranska polisen sköt mot oss under natten, många dog eller skadades. När vi blev beskjutna skrek vår smugglare åt oss att springa, han hade också ett vapen. Även i Turkiet sköt polisen mot oss och många dog också här.

*

När vi äntligen kom till den grekiska stranden kom många människor för att hjälpa oss. De gav oss mat, vatten och information. Jag tror många av dem kom från FN. Vi kunde äntligen slappna av lite.

Från Grekland reste vi med tåg och buss. Den värsta delen av resan var fram till Österrike. I Österrike och därifrån började vi äntligen känna oss som människor igen. Den österrikiska polisen, liksom den tyska, var vänliga och brydde sig om oss. Även den svenska polisen var respektfull mot oss asylsökande.

Den första staden jag kom till i Sverige var Malmö. Sedan med tåg till Stockholm där jag sökte asyl. Efter en vecka flyttade de mig till Dalarna. Där blev mitt permanenta boende för ett år och sju månader.
Rummet vi fick i Dalarna var för en till två personer, men vi bodde sex personer i det här rummet. Det var trångt. Alla sex hade två par skor var, vilket betydde 24 par skor i det lilla rummet, varje sko med sin speciella doft. På grund av kylan på vintern kunde vi inte öppna fönstret och vädra. Med sex personer på så liten yta blev det fruktansvärt dålig luft i rummet.

"Its telling me that the summer is gone, and the winter waits in shadow, waiting with the storm"

Under min tid i Dalarna träffade jag många människor och vänner. Jag fungerade som tolk för alla afghaner på boendet då jag var en av de få som kunde engelska.
När jag kom till Dalarna kunde jag så klart ingen svenska. Ingegerd Kåks blev min svensklärare på boendet. Vad hon har lärt mig är ovärderligt, jag älskar henne högt för det, hon är min ängel. Jag kommer aldrig att glömma hur hon hjälpte mig. När det blev vinter och kallt fixade Lillemor Persson kläder till oss alla på boendet. Andra jag lärde känna var Charlotta, Edna, Helena, Jan, Mats, Ada, Annika, Michael, Michel, Tamara, Samir, Gunburi...

Den 22 mars 2017 flyttades vi till Åre. Även i Åre lärde jag känna många goda människor. Britt är min lärare i svenska här och hjälper oss asylsökande med allt möjligt. Jag älskar Britt för all den hjälp hon gett mig och mina vänner.
Jag kommer aldrig glömma Britt och Jörgens hjälp.

Can your freedom heal the pain and "Dream of my dear father and lovely mother"

18 april 2018 flyttades jag från Åre till Sollefteå. Det var svårt för mig. Det var svårt för mig och andra vänner när vi gick in på boendet. Rummen var små och smutsiga. 8 personer bodde i ett rum. Det var hett ute och instängt i rummet. Det kändes närmast som ett fängelse.

"This is my room but leave me alone with leaving heart."

*

Jag har nu bott i Sverige i tre år.
I landet med frihet och demokrati, yttrandefrihet och tankefrihet. Jag kom från ett land utan dessa friheter, och drömde om att bli delaktig.
Drömde om en framtid och att få känna mig behövd. Jag skulle älska att få vara en del av det svenska samhället. Jag kom med ett öppet sinne och ett öppet hjärta. Men efter år av väntan, i förvaring och isolering är mina drömmar borta och mitt sinne är stängt. Det känns som det här landet har tagit min själ.
Efter 27 månader av drömmar fick jag mitt negativa beslut från Migrationsverket. Det krossade mitt hjärta att varken få känna mig behövd eller önskad av det svenska samhället som jag hade kommit att lära känna och älska.

*

Jag trodde aldrig att det skulle vara så svårt för mig att skriva om min resa från Afghanistan. Varje dag och i samma sekund som jag är ensam kommer tankarna på vad som hände under resan. När jag ska börja skriva drunknar jag i dessa tankar och tappar koncentrationen. Jag känner bara hopplöshet.

Den här resan var mitt hopp att kunna starta ett nytt liv med trygghet i hjärtat i en fredlig omgivning. Men det blev inte så! Varje dag blir livet tuffare och tuffare för mig. Ibland blir saknaden efter familj och vänner så svår, jag hatar mig själv och tänker på att ta mitt liv. Varje dag känns det som jag lever i ett fängelse. Sverige har blivit främmande för mitt hjärta.

Dagligen läser jag artiklar, ser tv och filmer om vad som händer i Afghanistan.

Om mitt land vore säkert – varför har så många unga tagit sitt liv efter sitt tredje avslag från Migrationsverket?

Sverige – varför gav ni dem inte chansen att få leva? Varför krossar ni vårt hopp?

Varför är alla hazarer i Afghanistan på flykt?

Varför halshuggs så många hazarer i Afghanistan?

Om Afghanistan är ett säkert land, varför är det då också ett land för NATO och ISAF?

Vi är en brinnande generation. Vi vill ha fred och rättvisa men den afghanska regeringen vill inte se oss växa upp. Vi tog risken att fly för att skapa oss ett värdigt liv utanför Afghanistan och för att berätta för omvärlden om vår situation.

Nu lyssnar inte heller den svenska regeringen på våra röster.

Vi har alla hemligheter i våra liv vi inte kan prata om. Men jag pratade, jag berättade om allt mitt svåra hemliga för svenska Migrationsverket.

Och dom trodde mig inte.

"It doesn´t even matter how hard you try".
"keep that in mind".

*

Jag reste genom 13 länder för att komma till Sverige. 13 länder med olika människor, olika kulturer, olika språk, olika religioner, olika gudar...

Jag har sett så mycket, jag har förändrats 180 grader, jag är inte samme Ahmad som jag var i Afghanistan. Jag är en annan Ahmad, jag har blivit en ateist.

Jag har kommit fram till att det finns ingen gud och ingen sann religion.

Vad är viktigt? Humanitet är viktigt, men i Afghanistan fortsätter folkmorden, fortsätter halshuggning, fortsätter stening, i religionens och guds namn. Jag hatar den religionen och den guden. Jag tror gud är en legend, vem som helst kan bli gud och göra vad som helst. Människorna har många gudar – vem är den sanna guden?

När vi kommer till ett annat land är det mycket som är svårt och annorlunda.

En annan kultur, ett annat språk, en annan religion... och vi frågar oss vad är religion? Vad är gud? Många väljer att konvertera till den nya religionen eller att inte tro alls. Sen, efter 3 år, kommer beslutet om utvisning. Men hur ska vi kunna leva i vårt land om vi har lämnat religionen och gud?

Om en ateist kommer tillbaka till Afghanistan, blir han omedelbart arresterad av polisen. Lyckas han slippa bli arresterad, kommer ändå hans familj att förskjuta honom. Afghanistan är ett muslimskt land där religionen genomsyrar varje del av det dagliga livet. En icke troende skulle avslöjas mycket fort. Konstitutionen säjer att den som lämnar islam ska bli slagen till döds eller sättas i livstids fängelse.

*

Immigration är en så dålig situation!
Immigrationen är så smärtsam, så farlig och skrämmande att ingen som inte själv upplevt den kan förstå.
När en immigrant flyr från sitt land, är han rädd att inte överleva. Att en säker plats är så långt borta gör att rädslan och skräcken lever. Risken att dö på vägen, långt från sin älskade familj och sitt land, är mycket stor, den är överhängande.
Men vi kom fram till Sverige. Vi hade lämnat faran bakom oss.

" *Several hearts, several hearts that beats as one   our lives have just begun*"

Efter den här långa tiden i Sverige har jag tappat all energi, allt hopp. Jag har försökt allt, många människor har gett mig mycket hjälp, men det känns som alla vägar är stängda för mig. Vi kan lika gärna göra självmord eller sälja droger – livet känns inte viktigt för oss längre. Immigrationen stängde alla vägar, den enda som återstår kallas döden.

Idag när jag ser den unga, begåvade generationen som använder droger, deprimerade, självmordsbenägna och frustrerade inför framtiden – Verkligen, verkligen, mitt hjärta brinner och jag ställer mig så många frågor - vad har åstadkommit detta? Vad har skapat detta?

Allt detta har skapats av den svenska migrationen.
Många har levt i mångårig väntan, oro, hopp och ovisshet på olika boenden, och efter 3 år kommer det negativa beslutet. Du ska skickas tillbaka.

Det är smärtsamt.
Det är dåligt.
Det är att förstöra människor.
Det är att tillintetgöra afghanska ungdomar.

Det är att trampa på mänskliga rättigheter.

Jag förlorade 4 år av min ungdom i Sverige.

Vi förlorade vårt språk, vår familj, vårt land, våra käraste vänner.
Vi lämnade allt för att komma till en säker plats.
Vi kom till ett land som heter Sverige, som haft fred i 200 år.
Ett fritt och demokratiskt land med mänskliga rättigheter där hudfärg eller ras ingenting betyder. Där alla är lika värda.
Vi trodde vi kunde planera för en framtid i trygghet, ett bättre liv i frihet.

Tyvärr har allt förbytts i hopplöshet.
Många av mina vänner var barn när de kom. Många har tagit sina liv.
Många har flytt vidare till andra länder. Ingen frågar varför.

Det är en mänsklig tragedi.

Jag är en migrant.
Min livsnerv är avskuren. Mitt hem i Behsood är nedbrunnet. Min
kropp, gråtande i ett flygplan, nedskjutet av Jaladan´s
självmordsbomber i Istanbul, min strupe gråter i Zabul, jag plågar min
kropp tills den rycks ut ur Guantanamo Bay och hundarna ber. Jag har
kastats till Teheran och överallt annars utan slut. Mina öron är fulla av
döda slogans och jag hör överallt Allah Akbar gråta när han kraschar.
Förenta Nationernas högsta kommission för flyktingar betraktar inte
mig som flykting och skyddar mig inte. De döljer att jag dött i ett
murverk av eldstäder, dumpats i Irans fabriker, krossats i
manufakturfabriker, Australien har förvisat mig till Manos och Nahrvo,
jag har gått genom Medelhavets bittra vatten till Tyskland, Finland och
Sverige för 2000 euro, de ger mig respektfullt till Kabul. Al-Zahra
Moské, Bagher ul Aum moské och Imam Zaman moskén kommer att
färgas av mitt blod.
Var gjorde vi inte självmord? Från booggur Indonesia till park Sydney,
från världens yttersta hörn, till Sverige och Schweiz.
Var är mitt slut? Vem slutför det här? Vilket blir mitt livs datum?
Mitt enda skrik är min följeslagare. Min ständige följeslagare.
Jag är en migrant.

När jag hör om deportationen till Afghanistan måndagen den 19
november 2018, blir jag mycket ledsen och mår väldigt dåligt.

Its hard to be happy now.

Folkmordet pågår mot vår etniska grupp. Majoriteten av
flyktingvännerna är hazara. Situationen är ett pågående helvete.
Jag skäms över den svenska policyn. Den är iskall.

Ahmad har skrivit den ursprungliga texten på engelska. Med viss hjälp
har han översatt den till svenska. Texten har redigerats.

Kamran Sedighi

TAL VID MANIFESTATION I BORLÄNGE

Dagarna gick och gick, de går och går fortfarande, år efter år...

Våra tankar har tröttnat på att mala
våra händer har tröttnat på att be
våra fötter har tröttnat på att vandra
våra ögon har tröttnat på att se...

Vi har snubblat i ravinen och fallit ner i djupet, rest oss ur gruset och skrikit efter hjälp. Många stod ovanför ravinen, men solens strålar hindrade oss att se vilka de var. De hade spadar och stenar i handen. Vi försökte klättra upp ur ravinen. Vi skrek och bad om hjälp, men vi fick stenar på våra huvuden och grus i våra ansikten, benen darrade och vi föll till marken. Vi försökte rädda oss, men kvävdes av rädslan. Vi ville inte dö!

Vi bad om en liten, liten chans, men ingen hörde. Tårarna rann. Vi blev kvar där länge, länge. Alla gick förbi ravinen och sa. "Vänta, vänta".

Vi dog inom oss själva och kände hopplöshet och besvikelse. Vi tänkte på allt som hänt oss. Vi tog oss hela vägen hit, trots tusentals faror och attacker mot oss. Vi kom hela vägen hit, men ändå.

Vi hamnade i en ännu värre situation och så småningom ville vi bara dö. Vi lever och andas som andra, men skillnaden är att vi befinner oss mellan liv och död. Vi är döende! Så känns det.
Dagarna gick och gick, de går och går fortfarande, år efter år.

"Hallå!" Ingen ser, ingen hör, ingen hör av sig! Vi blir dömda för dåliga saker! De ser inte vad vi kan och är duktiga på! De ser våra rötter, hudfärgen. "Svartskallar" kallar de oss och "våldtäktsmän" Vi bortser från allt detta, vi vill bara överleva någonstans.

Jag har ont i magen av att ha blivit född som människa, men behandlas som djur av politiker och andra. Jag känner mig ledsen och besviken över att behöva vänta, för att få leva någonstans på jordklotet.

Jag orkar verkligen inget mer! Jag tänker på min egen kista för jag kvävs av att känna mig ensam och som en främling. Jag vill tillhöra! Jag är en människa, precis som alla andra. Varför förstår vissa inte?

Alltså, jag orkar inte mer... mina tårar rinner, mitt tålamod är slut.

"Tänk positivt! Tänk positivt!" säger de flesta till oss, men vi förmår inte mer. Det fastnar i min hals, varje gång när jag stoppar i mig mat, varje gång jag vill tala.

Jag är trött på politikers slagord om att alla är lika mycket värda, att alla har rätt till att ha ett bra liv. Var i helvete är flyktingarnas rätt? När i helvete ska ni visa att vi flyktingar är lika mycket värda som ni? På vilket sätt är vi lika mycket värda?

Det finns mycket att säga, men tålamodet är slut. Och orken att tala är borta.

Författaren okänd
lördag 25 februari 2017

"I SVERIGE FÅR JAG I ALLA FALL EN RIKTIG BEGRAVNING"

"Jag har gjort allt. Jag har gått i skolan, pluggat, praktiserat och blivit erbjuden olika arbeten. Jag kan snickra, städa, och baka maränger, surdegsbröd, semlor, allt. Men jag har inte kunnat arbeta, för Migrationsverket har sagt nej.

Förra tisdagen klockan sex på morgonen kom någon in i mitt sovrum och lyste på mej med ficklampa. Jag trodde först att det var någon av mina kompisar som skämtade, men det var Gränspolisen. Tre personer. Fyra andra sökte igenom grannhuset där min svenska mamma bor. Sju personer letade efter mig, för att de vill skicka mig till krig.

Det är klart att det är lättare att ta oss killar som inte är brottsliga. Vi följer lagen. Vi ljuger inte, och vi har ingen anledning att gömma oss. Klart att de hittar oss.

Nu har jag inget mer att kämpa för. Jag har redan pratat med alla. Med Polisen, Migrationsverket, min gode man och advokaten. Ingen kan göra något.

Nu funderar jag bara på hur jag ska dö. Jag vill dö i Sverige, för när jag dör i Afghanistan vet ingen vart min kropp tar vägen. Jag blir bara kastad i något dike var som helst, eller brinner upp. I Sverige blir jag ihågkommen och får iallafall en riktig begravning."

Mamma, Pappa, jag kanske kommer til er för att de ska skicka mig til dem snart.

Hossein Alizadeh

Teckning Hossein Alizadeh

Elisabet Hero

NÄR SKA VI FÅ ANDAS IGEN, NÄR SKA VI FÅ LEVA

I två år och två månader har jag känt och älskat den här pojken. När jag mötte honom hade han varit i Sverige i 8 månader, men vi kunde prata svenska nästan obehindrat med varann. Han var 15 år och stormade in i mitt liv och mitt hjärta.
Han var pigg, energisk och vi fick genast en speciell kontakt.

Han flydde som 14-åring från Afghanistan och kom till Sverige efter några månader, den 16 december 2015, registrerades den 18 december. Han är hazar och hans modersmål är dari. Han har berättat hur glad han var när han kom fram. Alla behandlade honom väl, han kände sig trygg och omhändertagen. Men han var utmattad och sjuk efter den långa riskfyllda flykten. Hans mamma skickade iväg honom för att talibanerna ville tvångsrekrytera honom.
Sedan dess har hon varit tvungen att skicka i väg lillebror av samma orsak. Han kom bara till Iran där han nu lever och arbetar illegalt, nyss fyllda 14.

Under mer än två år har han varit min son. Han har delat vårt hus, vår familj, vårt liv. På två år har han fått en stor släkt som alla älskar honom och skulle göra vad som helst för honom. Han har en svensk mamma, en storasyster, en pappa, en mormor, en moster , kusiner...En mormor som just fyllt 90 år, har levt upp och älskar honom som sina övriga barnbarn. Hur ska hon överleva att förlora honom?

Och jag...jag har undervisat i svenska och engelska, uppfostrat, tröstat, förklarat, kämpat, pushat, diskuterat religion, pluggat historia, samhällskunskap, biologi...

Jag har kontaktat ambassader, migrationsverk, advokater, politiker. Tagit del av avslag och överklaganden, insett att han inte omfattas av gymnasielagen, hjälpt honom söka skolor och gymnasieprogram och delat hans glädje över att ha kommit in på teknikprogrammet.

Jag har hämtat och lämnat för träningar och matcher, tittat på matcher, betalat medlemsavgifter, fixat gymkort, lagat mat sent och fixat smoothie innan morgonträning. Vi har åkt skridskor, längdskidor, utförsåkning...
Vi har varit på bio, på restaurang, familjeträffar, konserter...
Jag har tagit del av uppskrivning till 18 och nedskrivning till 17, läst lagar, paragrafer, artiklar... ställt frågor, ifrågasatt, tröttat ut godemän och advokat, ansökt om att få adoptera, fått avslag, överklagat, fått avslag igen...

När första avslaget kom efter 22 månader var det han som tröstade oss: "det är bara ett avslag, jag är stark för att jag har er. Det kommer att gå bra!"
Sedan har avslag nummer två kommit, efter tre timmars muntligt förhör hos migrationsdomstolen, och sedan avslag nummer tre från migrationsöverdomstolen. Sedan återvändandesamtal.

För varje avslag har han störtat rakt ner i avgrunden men på ett mirakulöst sätt tagit sig upp igen. Han oroar sig lika mycket för oss som vi för honom. För varje avslag och motgång stänger han mig ute under en stund för han står inte ut med att se mig gråta. Men snart blir han nästan som vanligt igen. Men aldrig sig helt lik så länge vi hotas av katastrofen.
Mitt hjärta går sönder varje gång det kommer ett besked.

Han går på teknikprogrammet på en stor gymnasieskola och stortrivs.
Han går också skolans fotbollsprofil. Han spelar både i junior- och A-lag i fotbollsklubben, han tränar nästan varje dag och spelar match en eller två gånger i veckan.
Han är otrolig, fantastisk och underbar! Han har gett oss alla en ny syn på livet.

Så mycket roligt vi haft med honom! När han för första gången lärde sig ett kortspel, första gången stod på ett par skidor, ett par skridskor, första gången fick köra vår lilla motorbåt, när vi lagar mat tillsammans, när han skrattar hejdlöst åt en komedi, när vi suttit sent en natt och pratat om vad som är viktigt i livet, när han berättat om sin uppväxt....

Till Dig:
Nu har du varit här i nästan tre år och du är precis som vilken svensk tonårskille som helst. Du är helt och hållet en del av vår familj, vår släkt, en lika naturlig del av oss som alla vi andra. Det är som om du varit med oss i hela ditt liv.
Älskade unge, underbara son, bästa lillebror, kusin, barnbarn! Hur ska vi någonsin kunna överleva att skiljas från dig? Vi kommer aldrig att kunna leva igen – om det värsta händer!

28 februari 2019
Han har nu varit i Sverige i tre år och två månader. De senaste månaderna har varit fruktansvärt oroliga. Femte december skulle han enligt migrationsverket lämna landet och det datumet kom och gick. Jag tänkte att polisen när som helst skulle knacka på dörren och hämta honom. Jag hoppades att det *kanske* inte skulle hända förrän han blev 18 men 18-årsdagen närmar sig med stormsteg (1/4). Jag har levt på helspänn i sju månader, ända sedan tredje avslaget, och det har blivit värre och värre för varje dag, samtidigt som jag har försökt förtränga skräcken för att han ska få leva så normalt som möjligt.

Under tiden har vi försökt leva som vanligt. Mycket plugg och träning men också samvaro med släkten. Skidåkning, Stockholmsresa, julafton och nyår. Det går bra i skolan och fotbollssäsongen har startat.

I måndags (25/2) fick vi dock en liten strimma hopp. Han har beviljats ny prövning pga VUT:et angående hans ateism och beskedet kom i måndags. En fantastisk jurist på Asylbyrån hjälpte oss att skriva det. Jag vågar knappt hoppas något men det är ändå en liten ljusning och dessutom tar det ytterligare lite tid...

Anonym

"JAG TRODDE LIVET VAR SLUT NU"

Hela mitt vuxna liv har jag varit engagerad på olika sätt för mänskliga rättigheter.

Sedan 70-talet mer eller mindre aktiv i Amnesty International, med vädjanden till regimer i odemokratiska länder, på 80-talet jobbade jag som sfi-lärare och var med och bildade en lokal flyktinggrupp till stöd för flyktingarna som då kom från Chile, Argentina och andra länder i Latinamerika.

Under alla dessa år trodde jag aldrig jag skulle behöva uppleva att Sverige skulle agera i strid med mänskliga rättigheter, Barn-konventionen och faktainformation från UNHCR, Rädda Barnen, Röda Korset och andra organisationer såsom Svenska Afghanistan-kommittén och FARR.

Hösten 2015 kände jag mig stolt och tacksam över Sveriges sätt att välkomna så många flyende människor från Afghanistan och andra länder. Denna stolthet har nu bytts mot en känsla av skam över hur mitt land sedan dess hanterat människor med fruktansvärda upplevelser bakom sig.

Sedan våren 2017 har jag jobbat med asylsökande och kommit i kontakt med många som flytt från Afghanistan. I januari 2018 mötte jag M. Han befann sig i ett mycket svårt läge efter avslag i två instanser och helt utan hopp om en positiv lösning. Det var något speciellt som uppstod i vårt första korta möte. Jag kände direkt att jag ville kämpa för denna unga killes rätt till ett gott liv i Sverige.

När vi möttes var han mycket deprimerad och pratade om att fly vidare till ett annat land i Europa, men jag såg och kände att han inte hade någon energi kvar till att ta nya beslut och ta sig vidare.

M uttryckte att han inte ville leva längre – hans hopp om ett nytt liv i Sverige var helt borta efter två och ett halvt års väntan och negativa beslut. Min erfarenhet av psykiatri och behandlingshem för unga vuxna gjorde att jag direkt ville söka hjälp för M vilket han gick med på. När vi satt hos läkaren kunde M för första gången släppa ut vad han kände och hur fruktansvärt dåligt han mådde. Han hade inte kunnat sova på länge och var djupt deprimerad. Den dagen fördjupades vår relation. Under lång tid måste jag gång på gång försäkra honom att han inte störde mig och att jag verkligen ville stå vid hans sida så länge det skulle behövas.

Jag blev hans extra mamma och han blev min andra son.

Av rädsla för att bli hämtad av polisen och satt i förvar bytte han boende och mobilnummer. Vi kände båda en stark oro att han skulle vara eftersökt och vi vågade inte träffas vare sig där han bodde eller hemma hos mig och min man.

Efter det tredje avslaget kallades M till återvändandesamtal och det var självklart för mig att följa med honom dit. I bilen dit försökte vi prata lugnt om lite annat men det var en hemsk resa ändå. Att se skyltarna om Förvar och sedan gå in i en närliggande entré var så hemskt.

Tack och lov kom vi ut därifrån båda två och kunde åka hem igen. Känslan av att vara betraktad som kriminell på något sätt har påverkat oss båda under hela tiden vi kämpat tillsammans. Men att försvara sina mänskliga rättigheter kan aldrig vara kriminellt.

Innan han fick sitt tredje avslag hade M jobb och kunde försörja sig själv och givetvis betala skatt. Han var alltså inte alls någon belastning för Sverige.

Nu fick han inte längre jobba utan uppmanades att frivilligt lämna landet.

Han mådde väldigt dåligt i denna situation. Jag försökte stödja honom, men vågade inte ta hem honom till oss av rädsla att han skulle hittas och tas i förvar.

Han hade tät kontakt med sin mamma som var orolig för honom, och han försökte hålla skenet uppe för att lugna henne. Hon var mycket tacksam att jag fanns för hennes son och vid ett par tillfällen kunde vi prata litet med varandra med hjälp av M. Han har skuldkänslor och oro för sina föräldrar som lever gömda i ett annat land.

Efter några veckor tog vi ändå risken och träffades hela familjen med M hemma hos oss. Det kändes mer och mer naturligt att M hör till vår familj och vi började faktiskt prata om att adoptera honom. Den information jag fick fram var inte alls positiv, då det gällde en vuxen person som fått avslag på sin asylansökan.

Vi hade kontakt varje dag men undvek att mötas, eftersom vi inte visste om han var eftersökt. Ibland fick jag inte kontakt med honom och blev väldigt orolig att han skulle ha gett upp och tagit sitt liv.

Ett par månader efter återvändandesamtalet berättade M med bävan om ett mycket tungt asylskäl som han dittills inte vågat nämna till någon. Det var en stor lättnad när han insåg att i Sverige var detta inte alls något farligt eller förbjudet.

Nu bad vi en advokat hjälpa honom med verkställighetshinder utifrån detta nya skäl. När den ansökan fanns hos Migrationsverket kunde vi börja umgås mer avspänt.

Vi hade en jättefin vecka tillsammans på landet med sol och bad och många fina stunder med familjen och grannarna. Under några dagar i det vackra sommarsverige kunde vi nästan glömma att Sverige ville kasta ut min älskade son till ett land i fullt krig där han upplevt så fruktansvärda saker innan han till sist flydde därifrån. Vid gränsen till Iran skilde smugglarna honom från hans föräldrar och påstod att de snart skulle ses igen. Han hittade dem inte i Iran och inte i Turkiet, så till sist gjorde han ensam den långa farliga resan över Medelhavet och upp genom Europa. Allt han har berättat för mig om sin bakgrund och sina upplevelser i Afghanistan och under den långa flykten gör att jag beundrar hans styrka. Samtidigt bär jag på en tilltagande avsky för de som på Migrationsverket nonchalant och okunnigt dömt ut hans berättelse och alla de dokument han visat upp från sina anställningar i Afghanistan. Vilken total maktlöshet han måste ha känt för varje negativt beslut han fått.

Det är nu flera månader sedan advokatens ansökan togs emot av Migrationsverket. Och det har varit en lång orolig väntan. Under tiden har M fått ekonomisk hjälp av mig och några andra svenskar. Han har blivit erbjuden flera anställningar, men inte kunnat tacka ja eftersom Migrationsverket inte tagit upp hans ärende än. En otroligt frustrerande situation och ett enormt slöseri med en ung, välutbildad och ambitiös människa som bakbundits i tre år av svenska myndigheter och deras paragrafer och regelverk.

För en vecka sedan kom det så ett brev från Migrationsverket. M och hans vän öppnade det och såg båda ordet Beslut och meningen "beslutat att inte bevilja uppehållstillstånd". Allt rasade på några sekunder. M fotograferade brevets alla sidor och skickade till mig. "Jag har dåliga nyheter" var det enda som stod i hans meddelande. Jag blev iskall, kämpade för att ta det lugnt och titta närmare på vad som stod i brevet. Först såg jag samma sak "beslutat att inte bevilja uppehållstillstånd". Som tur var såg jag sedan att det fanns en rad till. Där stod att de beslutat att ge honom en ny prövning enligt en annan paragraf.

Jag ringde upp M: "Det är inga dåliga nyheter. Det är positivt!"
Jag förklarade för honom och hans svar blev: "Tack! Jag trodde livet var slut nu."

Jag satte mig i bilen och körde till honom så att vi tillsammans kunde gå igenom alla de nio sidornas text. Vägen dit har aldrig känts så lång och när han öppnade dörren blev det en riktigt lång kram innan vi satte oss ner med det tjocka brevet.

Förhoppningsvis är vi nu ett steg närmare det rätta slutet på min sons plågsamma väntan. Det senaste året har vi suttit tillsammans i en känslomässig berg - och dalbana och hållit hårt i varandra när det varit som allra värst. För mig har det här året rejält skakat om min tillit till vårt svenska samhälle och jag tror inte jag någonsin kommer att få den tilliten helt tillbaka.

Men jag är otroligt tacksam att jag fått ett tredje barn och jag älskar honom verkligen som om han alltid funnits i mitt liv.

Mamma K

Anonym

EN DAG MÖTTE JAG EN ÄNGEL I HUSET DÄR JAG BODDE

Jag är asylsökande från Afghanistan.
Jag har varit i Sverige mer än tre år.
Jag kom hit ensam med stort hopp om att kunna börja ett nytt liv i Sverige och få fortsätta att leva.

Jag hade många svåra upplevelser innan jag nådde Sverige.
Ingen kan förstå hur svårt det är att lämna sitt land, sin familj, sina vänner och så mycket annat så som jag gjorde.

Jag kom till Sverige med stora förhoppningar.
Jag trodde att jag var en människa, att jag här skulle kunna leva utan rädsla för att bli dödad, rädsla att förlora min frihet, rädsla för terrorism och mycket annat. Jag sökte asyl men efter 2 år fick jag tyvärr avslag från Migrationsverket.
När jag fick avslag förlorade jag allt hopp,
Jag var djupt deprimerad och jag kände att livet var slut. Varje natt tänkte jag på hur jag skulle få slut på mitt liv.

Så en dag för ett år sedan mötte jag en ängel i huset där jag bodde. En av mina vänner hade kontakt med en svensk kvinna som kom för att träffa min vän.
Hon började prata med mig och jag började berätta allt för henne.
Det var som om vi redan kände varandra, och jag ville dela allt med henne.

Min ängel eller min mamma som jag kallar henne kom till mig, började prata med mig och gav mig hopp om en framtid.

Hon bokade tid hos två läkare som var till stor hjälp för att jag skulle orka tro på livet igen.

Min svenska mamma spelar en väldigt stor roll i mitt liv. Hon kämpar jättemycket för mig och ger mig varje dag nytt hopp.
Idag står vi varandra väldigt nära och även hennes familj har blivit viktiga för mig. Jag har blivit en medlem i hennes familj.
Jag har fått en egen svensk familj.

Min mamma började kämpa för mig mot Migrationsverket och nu har mitt ärende öppnats igen. Mitt liv är helt förändrat, jag är inte alls samma kille som jag var för ett år sedan.

Jag studerar svenska, jag har ett kvalificerat deltidsarbete på ett företag och håller på att starta ett företag med en vän.

Allt det här positiva har hänt tack vare dig min kära mamma.

Tack så mycket för allt. Jag hoppas jag kan få vara med dig resten av livet. Jag älskar dig MAMMA. Du är mitt liv.

Tack från M

M har skrivit sin berättelse på engelska.
Den har sedan översatts till svenska av en vän.

Arian Rahmani
25 februari 2017

JAG KAN HÖRA DIG

Jag kan höra dig
fastän du inte säger ett ord
fastän du inte är här just nu
fastän du är långt bort från mig och min värld
så hör jag dig (framtiden) viska:
"jag kommer"

Reshad Hashimi

DET LUKTAR BLOD I KABULS TOMMA GATOR

Kabul, år 2014

Jag sitter här hemma och försöker slappna av, då fixar jag en stor mugg kaffe. Försöker hålla ihop alla tankarna på en gemensam punkt, så jag kan vila lite inför att jag ska ta tåget och åka till stan och köpa några grejer. Det ser regnigt ut idag och lite kallt med, men i bröstet känns en stor brasa av känslorna, minnena och tankarna på hur livet kan vara så orättvist.
Det förskräckliga vädret påminner mig om den hänsynslösa dagen när det bara var en vecka kvar tills jag skulle få lönen, jag tänkte åka till stan och handla lite för den kommande veckan. Snart är jag framme och ser människor och hur glada de är, här ser jag mamman som köper lite kläder för sina små barn, där sitter personen som säljer fräscha grönsaker för att skaffa lite pengar och föda upp sina barn. Hos en klädaffär står föräldrar med sin son som försöker hitta den lämpligaste klädseln inför sin bröllopsfest, samtidigt pratar de om barnbarn och andra drömmar de har som farföräldrar. I någon affär bredvid moskén sjunger radion högt och på andra sidan ser jag människor som går in moskén. Jag nynnar, går och köper klart de grejer som jag vill ha för kommande vecka. Solen står rakt upp och strålar, duvorna dansar och flyger i svärmar, allt känns underbart och man tror man är i paradiset.

Då hörs från väldigt nära håll en stor explosion. All verklighet förvandlas till en hemsk dröm, man vet inte vad som händer, vem som förvandlar den fina dagen så hemskt, vem som förvandlar paradiset till helvetet. Alla skriken släcks. Ögonen ser inte längre vagnen med grönsaker, inte brudgummen heller som stod med föräldrarna som hade massa drömmar. Ingen duva visar sig däruppe, ingen sol lyser längre. Vet inte hur dagen förändrats från ljus morgon till en mörk natt, även min egen röst lurar mig. Strupen slutar vibrera och göra något ljud, jag kan inte höra min egen röst, försöker röra på mig, men kroppen sitter fast. Den fina miljön som hade olika färger, har plötsligt ändrats till röd färg, mina kära Afghaner som tidigare var sammansatta ser jag inte, vissa försvann och vissa ser jag i osammansatta former.

Reshad Hashimi

FLYKTING ÄR OCKSÅ MÄNNISKA

Bulgarien år 2015

Klockan var ganska sent på kvällen och jag blev tillsagd att packa ryggsäcken med mat och vatten och förbereda mig inför flykt. Otur för mig att jag blev hotad under den sista kyliga säsongen på året. Natten var sur och upprörd, månen fanns däruppe för andra men inte för mig. Såg de inte att jag hade en tunn jacka på mig då härskaren över livet skickade det hänsynslösa vädret och iskalla regnet på mig. Plötsligt fick jag en order att skynda mig och hoppa in i bilen innan någon skulle märka oss. I hjärtat var jag så glad, snart kommer jag att nå till landet där folk kommer att välkomna mig med hänsyn och mänsklighet, då kommer jag tillåta tårarna att rinna ner och berätta om smärtan som tungan inte kan.

Nu är jag i bilen och väntar på att få komma fram. Men det hände inte så som jag hade blivit lovad. Istället lämnades jag hos hänsynslösa, korkade gränspoliser som stavade mänskligheten med (p.e.n.g.a.r) och när man inte följde regler straffade de med att sparka, slå och även döda flyktingen. Då blev jag avklädd och fickorna blev genomsökta. Kunde inte rymma därifrån för vakterna hade vilda hundar. Vilda poliser och kallt regn, blandat med hård blåst.

Vågar inte titta i ögonen på hundarna, för de är röda och förskräckliga och väntar på att få jaga något. När jag ser i ögonen på poliserna då märks att de håller på och hanterar mat till de vilda stora hundarna.

Då genomsökningen avslutats får man några starka sparkar på hela kroppen. Straffet att man är en flykting var så tungt att även tårarna fått den röda färgen. En rädsla befann sig i låren då de vågade inte lyfta sig framåt. I hela gröna skogen befann jag mig själv bara som en röd svag blomma.

Så fortsatte det och jag blev nerslängd på marken i skogen. Timmarna går och jag ber om ett mirakel där kan jag få en chans att höra av mig till familjen åtminstone en sista gång, att få höra min mammas röst. Så händer det inte. Jag är helt bedövad under regnet som tvättar ansiktet och förvandlar rödblomman till knölgul blomma. Då ser jag ner på fötterna, där det inte längre finns några skor, jag ser jeansen som tistlarna rivit sönder. Jag märkte att himlen grät samtidigt med mitt klagande och ropande. Då blåser det i molnen och regnar.

Reshad Hashimi

MIN LILLA SYSTER

Så länge de finns morgon och kväll i världen
så länge kommer du att finnas i mina känslor.
Så länge mitt namn finns i världen så länge
kommer du att finnas i min själ.
Jobbig, knäpp och envis talar din tunga, ängel,
hjälte, och godhet finns i ditt hjärta.
Så här är du tecknad i mitt hjärta och själ.
Även om de bryts i bitar kommer de ropa ditt namn
min lilla ängel.
Så här är du tecknad i mina ögon, ljuset och mörkret
har inget annat namn än du.
Så länge du lever, lever jag, och ljuset på morgonen och mörkret på
natten har sin mening.
Händer dig något förlorar livet sin mening,
luften sitt värde och hjärtat sina slag.
Syster min, älskade min, du är all min glädje.
Ängel du, hjälte du, och för alltid en glad människa.

Reshad Hashimi

DU ÄR NÄRA MIG I MITT HJÄRTA

Jag vet att jag är lindrande för ditt hjärta.
Jag vet att jag är den du litar på mest.
Men vet du, du är också som blodet i mina blodådror i min kropp.
Det är sant att vi bor lång från varandra, men du är nära mig i mitt
hjärta.
Jag vet att du är ledsen, du är ledsen för att det är tre år sedan du höll i
min hand, det är tre år sedan du kunde kalla någon för kära storbror.
Men var inte ledsen, var mitt tålamod,.
Va skuggan till min själ, sov inte med blöta ögon, du är ju mitt liv,
en betydelse för mitt liv och ett mål för varför jag kämpar mot livet.
Saknar dagen, när du lilla lagt ditt huvud på mitt bröst när vi lyssnade
på musik och du pekade på stjärnorna på den mörka himlen.
När en hörlur var på ditt öra och en på mitt.
Lovar vi kommer träffas
Vi träffas som vatten till en törstig människa i sandland.
Vi träffas som den sista önskan av en döende människa.

Reshad Hashimi

KOM TA MIN HAND

Kom ta min hand
tag mig till ett land
till ett land utanför jorden
där solen skiner från annorlunda håll.
Tag mig med dig dit där som själen går före kroppen,
där som hjärtat går före hudens färg.
Ta min hand, krama mig,
det ska vara tecknet på landet, känsla av ro och fred.
Ta mig med dig, där ingen blir tvingad att flytta därifrån.
Kom ta min hand, ta mig dit där ingen mamma går sönder av saknad
efter barn, samma till barn.
Tag mig med dig dit där människor har små barnsliga hjärnor i bröstet,
och stora kärleksfulla hjärtan i huvudet.
Kom ta min hand så att vi kan springa iväg från den här skräcken vi
lever i.
Ta min hand så vi kan springa iväg från dessa mänskliga länder som
egentligen har eld i brösten.
Ta min hand och ge mig en känsla av att inte ha rädsla av att pussa
tillbaka.

Linda Lawner Wåhlin

TVÅ ORD OCH UNIVERSUM STANNADE

Det gör ont i hela mig. Känns som att alla mina ben i mitt skelett är krossade.

Vart jag än ser, i varje del av mitt hem, så finns minnen av dig.

Dina kläder ligger kvar. Skorna står i källaren, tomma. Molly, vår hund. Som du ville ha hos dig under de ensamma nätterna när tankarna kom. Ert speciella band. Vem ska nu klippa henne? Kommer hon att glömma dig? Eller kommer hon att sitta i fönstret och vänta på dig förgäves? Kommer ni att ses igen. Kommer VI att ses igen?

Igår när du kom upp i min dotters rum för att säga farväl.
-Lillasyster. Hejdå.
Två ord och universum stannade. Där och då föll jag isär, i tusen skärvor.

Du som redan flytt så många gånger. Först från Afghanistan som ett litet barn. Sen från Iran när regimen ville skicka dig som barnsoldat till Syrien. Och nu tre år senare går flykten vidare. Nu från Sverige. Mitt land, vad jag skäms över dig. Skäms över att du inte förmår släppa in barn på flykt från krig. Skäms över dina stängda dörrar och stängda sinnen.
Jag sa -Vi hoppas på det bästa, men planerar för det värsta.
Du log
-Varför ler du, frågade jag
-Precis så sa pappa när jag tvingades fly hit, svarade du.
En afghansk pappa i Iran. En svensk mamma i Sverige. Samma oro.

Vi hjälpte dig alla att packa men det kändes som att knuffa dig ut för ett stup i mörka natten, utan att veta vad som väntar där nere.

När och var ska du äntligen slippa fly? Tyskland? Frankrike? Spanien? Portugal? Italien? Vart ska jag åka för att hjälpa dig? Kan jag hjälpa? Vad ska du äta. Var ska du bo? Vad kommer du tvingas göra för att överleva?

Du som kom en dag i augusti, hem till oss. Du som inte sa så mycket men med världens snällaste ögon fulla av sorg. Med de mjukaste kramarna.
Hur vi samtalade om livet utan ord.
I 14 månader har vi varit tillsammans nästan varje dag. Vi har firat födelsedagar, julafton -du som tomte. Vi firade påsk, nouroz, nyår. Vi firade midsommar, dansade runt stången och blev yra. Vi har vandrat i fjällen och sovit i tält. Vi har sett ut över vidderna och talat om livet, om Afghanistan och Sverige. Om familjen och om Gud.
Vi har vandrat i den ljusa ljumna sommarnatten. Vi har pulsat fram i midjehög yrsnö i bistra vinternatten.

Jag minns när vi åkte pulka och jag inte vågade åka själv. Hur trygg jag kände mig bakom din rygg med armarna om din midja när vi for ner för backen, för att slutligen tumla runt i snön. Hur du vit som en snögubbe oroligt drog mig upp ur drivan och ropade: Linda! Lever du?

Jag minns när vi firade första advent. När du precis fått ditt sista avslag. Hur vi tände ljus och åt pepparkakor. Hur jag och min man tog fram en nyckel till er var, alla våra barn. Hur vi sa att nu måste vi låsa ytterdörrarna, alltid. Hur vi berättade om strategier om polisen kommer. Hur vi började se annorlunda på dem som tidigare stod för skydd och trygghet, nu blev bilden av hot och osäkerhet. Hur vår dotter började skicka sms till er och oss när hon såg poliser på stan. Hur jag började gråta en dag i januari på bensinstationen när en polisbil stannade till vid pumpen bredvid.

Jag minns alla sömnlösa nätter. Nätter där jag vaknade genomsvettig av mardrömmar om gränspolis som stormar vårt hem och sliter dig ur vår famn. Alla dessa nätter som jag vankat oroligt fram och tillbaka i mitt hus spejande ut i mörkret. Hur jag ryckt till av skräck varje gång en

bildörr stängts ute på gatan. Kommer de på natten? På dagen? I civil bil eller polisbil? Oroligt känt på alla dörrar och fönster så att de varit ordentligt låsta. Vi som aldrig låste förr.
Men det var då. Innan rädslan för gränspolisen.

Jag minns också alla dessa nätter då du inte somnade förrän det blev dag. Hur du vände natt till dag och dag till natt. Hur tärande det är att leva tillsammans med någon som inte lever. Med någon som bara ligger i sängen. Hur arg och frustrerad jag varit över att du inte lever, äter, går till skolan. Hur många gånger jag sett dig ligga i sängen, stirrandes ut i intet med sorgen i din blick. Saknaden jag sett där. Så många gånger jag tänkt att nu får det vara nog, nu orkar jag inte mer. Hur många gånger jag skällt på dig och hur många gånger jag sagt förlåt sen. För det är ju inte ditt fel. Du valde inte det här livet. Du valde inte flykten, den tvingades på dig. Du som arbetat sedan du var ett litet barn. Du som inte ens minns en tid före arbete fanns. Dina gamla slitna händer på din unga kropp.

Igår satt vi i soffan och grät. Jag skakandes och hulkande. Du stilla och tyst. Vi höll om varandras händer. Du med armen om mina axlar och jag med huvudet mot ditt bröst.
 - Snälla Linda, gråt inte mer.
Men jag kunde inte sluta. Jag önskar att det fanns något mer jag kunde göra. Att jag kunde skydda dig. Men det finns inget mer nu.
Jag tänker på att du återigen tvingas lämna en familj, dina vänner. Vi som fick dig till låns en liten stund. Saknaden är outhärdlig. Ändå kan jag inte ens försöka förstå hur det känns för en förälder som tvingas låta sitt barn fly ensamt genom okända länder. Alla de som aldrig möts igen.

Älskade vän, älskade barn. När man har hållt varandras händer, känt varandras hjärtslag, torkat varandras tårar. Då skapas ett speciellt band. Det spelar ingen roll att vi inte delar samma blod. Du och alla mina andra barn, ni kommer alltid att finnas i mitt hjärta. Det kan ingen gränspolis, migrationsverk eller signalpolitik någonsin ta i från oss.
I våra hjärtan bestämmer bara vi.

13 april 2019
På väg hem igen efter en fin vecka i Tyskland med två av mina extrasöner.
Välbehövlig semester med skratt och mysiga stunder tillsammans. Jag har saknat och längtat så efter dem. Men det är trots allt en ständig sorg över att vi tvingas splittras i olika länder. Familjer och vänner. Så många som längtar och saknar.

En lämnar jag nu i Tyskland och en annan har jag ännu en gång tvingats krama om på en tågstation med hjärtat fyllt av oro inför en oviss framtid på flykt till ännu ett land. Jag har ordnat med medicin, värmefilt, sovsäck, kontakter och läst på om ytterligare lands asylprocess. Hittat säkra vägar och hyfsat trygga gator att sova på.

Varför ska det behöva vara så? Vi kommer inom en mycket snar framtid att hamna i en befolkningskris där alldeles för många av oss är gamla. Vi fick unga människor som en skänk. Unga som var motiverade att studera och arbeta. Unga som jag lärt mig så mycket av. Varför kan vårt land inte vara lite smart och se vilken tillgång dessa är?

Kommer aldrig att förstå det.

Therese Lind Engh
28 oktober 2018

DU SOM ÄR VÅRAN PRATKVARN

Jag har jobbat på ett HVB-hem i ca 3 år i en liten by utanför Avesta som heter Hede. Ett fantastiskt jobb där jag lärde känna många fina ungdomar. Under åren har jag kommit några mer nära än andra.

Så var det med Amir, en då 14 årig pojke, som kom till Sverige från Kabul när han var 12 år. Född samma år som min egen son, Eddie. Samma intressen, musiksmak mm. Amir flyttade hem till oss 16 april i år och även om jag nånstans visste att det skulle funka bra så hade jag aldrig trott att det skulle bli så bra! Amir kom fort in i familjen och han och Eddie fann varandra mer och mer. Han säger aldrig nej, är hjälpsam och snäll och omtänksam.

Men Amir har 3 avslag och ett beslut som har laga kraft, han har varit på återvändarsamtal och ska på ett igen i morgon.

Vi har tänkt att vi ska adoptera Amir men har fått veta att tingsrätten skulle säga ja men migrationsverket nej, man kan inte kringgå en annan lag.

Vi känner oss helt hjälplösa, Amir är som våran son, jag gör absolut ingen skillnad på honom och Eddie, köper jag en iphone 8 till Eddie så köper jag en till Amir också. Han tyr sig väldigt mycket till mig eftersom min man jobbar i Stockholm i veckorna, han vill gärna umgås med mig, sätter sig nära i soffan och vill gärna ha närkontakt i form av att jag ska killa honom på ryggen, vi dricker te och pluggar. Amir har 7 stycken F i skolan eftersom han mådde dåligt i årskurs 8 efter alla avslag. Nu har vi gett oss tusan på att Amir ska kunna söka in på gymnasiet nästa höst så vi pluggar, pluggar och pluggar!

Ångest, hjälplöshet, förtvivlan, sömnlöshet, listan över negativa känslor kan bli lång.

Kärlek, värme, glädje, hopp, bror, hjälpsamhet. Listan över positiva känslor kan också göras lång.

Men överväger den positiva listan den negativa? Ja, alla dagar i veckan!!

Jag måste tänka att den goda sidan vinner till slut, för om jag ger upp, jag som förmodas vara den starka, den som fixar allt, om jag ger upp, vem ger då dig hopp? Du, som jag ej burit i min mage i 9 månader men som jag älskar lika högt ändå, du som kom till våran familj som tonåring, du som gör våran familj roligare (enligt min son) du som är våran pratkvarn, våran fotbollsspelare, vårat charmtroll som alltid säger absolut när man ber om något. Listan kan göras oändligt lång med positiva saker med dig. Visst finns det en negativ lista också, konstigt vore det annars. Men min egen son har också en negativ lista. Ni kan göra mig gråhårig ibland när ni skojbråkar i soffan, när ni slänger kläder överallt, när ni inte torkar av bordet eller när ni glömmer låsa cykeln på busstationen. Men såna saker hör till familjelivet. Min dröm är att få åka med dig till Barcelona och titta på fotboll, att få övningsköra med dig när du fyller 16, att du ska kunna söka sommarjobb till sommaren, vanliga saker som är självklara för dom flesta ungdomar med fyra sista siffror.

Jag gör vad som helst för dig, offrar min fritid på att plugga flera timmar om dagen för att du ska kunna söka till gymnasiet till hösten, lyssnar när du vill prata, skjutsar dig på matcher, ger dig trygghet och kärlek, precis som jag gör med mina barn, kunde jag hjälpa dig när du ska till Migrationsverket på återvändarsamtal skulle jag göra det, alla dagar i veckan. Men det är nog enda gången jag känner mig helt hjälplös, maktlös och utlämnad.

Kan inte göra någonting, det är det som gör mig mest förtvivlad, att någon som ser dig som ett namn på ett papper, utan minnen eller upplevelser, ska bestämma om du ska vara kvar i Sverige eller åka hem till ett land du inte varit i på fyra år. Men sluta kämpa för dig, det gör jag aldrig Amir.

"Tillåt er att fungera som människor!"

ÖPPET BREV TILL MINA FOLKVALDA

17 december 2017

Jag är 80 år. Född och uppväxt i en arbetarfamilj. Mina föräldrar var socialdemokrater. Vid sidan av arbetet som byggnadssnickare och byggstäderska var de också portvakt i hyreshuset vi bodde i när jag var barn. Under krigsåren var pappa oftast inkallad och låg uppe vid norska gränsen. Mamma fick ensam klara allt och den tunga portvaktsysslan – bl.a. att elda pannan med sur ved, torr gick inte att uppbringa. Jag förstod inte så mycket, men att vårt land och vår frihet var något stort och viktigt att försvara mot onda krafter det satte sig i ryggmärgen.

Genom livet har jag ofta tänkt - att jag råkade födas här – vilket oförtjänt privilegium i jämförelse med de flestas lott på jorden! Jag har värdesatt min frihet. Självklarheten att vara medborgare i ett land där jag kan tala och uttrycka mig fritt, välja själv hur jag vill leva mitt liv - också som kvinna, resa fritt, umgås med vem jag vill, skriva vad jag vill, förverkliga mina visioner. Att sedan ekonomi och annat hindrat är en annan historia. Jag talar om den medborgerliga friheten. Och en sorts självklar nationell strävan och stolthet att stå upp för alla människors lika värde och rättigheter. Åtminstone symboliskt. Alltför väl vet jag hur solkad denna stolthet är, men ändå – den har funnits där. Vi har velat gå före, vi *har* gått före: Jämlikhet. Gemensam välfärd. Deklarationerna om de mänskliga rättigheterna. Asylrätten...

Så är det inte längre. Idag tvingas jag med sorg och förfäran inse att mitt land har blivit ett helvete för många som flytt hit från krig och förföljelse. Fast dödsstraffet sen länge är avskaffat, är detta ett land där du oskyldig sätts i "förvar", fängslas på obestämd tid i väntan på dödsstraffet - utvisningen dit där döden spelar tärning med ditt liv. Från död och katastrof kom du flyende, riskerande ditt liv, i tron att vårt land var frihetens stamort på jorden. Du trodde på bilden vi spred. Du kom som ensamt barn. Nu har du hunnit bli "vuxen" och vi gör som vi vill med dig. Du är en form av giftigt avfall som vi måste göra oss av med. Som landet ska befrias från.

Vad ni nu gör, mina folkvalda, är att ni förbereder oss för fascismen. Långsamt inympas det gift som är dess grund – den blinda lydnaden. På aningslös svenska: "sköt dig själv och skit i andra" Titta bort. Du behöver inte befatta dig, vi sköter det här. Du kan ändå inget göra. Se om ditt eget, vi kan inte hjälpa all världens elände. Stäng dörren. Så vi stänger dörren. Tills den dag kommer då det bultas också på vår dörr.

Låt oss göra ett räkneexperiment. Helt ovetenskapligt. Säg att vi har 10.000 ensamkommande unga i landet som hotas av utvisning till Afghanistan. Kring var och en av dessa finns kanske 10 personer som står dem nära – familjemedlemmar, lärare, godemän. idrottsledare m.fl.

Då har vi 100 000 människor i Sverige som direkt berörs -

Dessa tio närmast berörda har förmodligen ytterligare ett kontaktnät av släktingar, arbetskamrater, grannar etc. som också upplever hur frustrerande situationen är. Låt oss säga 10 personer var .–
I så fall skulle vi vara en miljon människor i det här landet som är direkt berörda, ilskna och förtvivlade. Och det är bara de närmaste. HUR många som upprörs in i märgen av detta vet vi inte – men MÅNGA är det. Otaliga försök att påverka situationen har gjorts och görs. Men det är som att rispa med en penna i en sten.

Vi har aldrig gett er mandat till den asylpolitik ni nu genomfört. Ni frågade aldrig oss, ni gjorde det över våra huvuden. Bara så där. Vid förra valet bedrevs en helt annan asylpolitik i Sverige. Ni skyllde på att samhället, institutionerna, höll på att kollapsa, vi måste få "andrum". Kan så vara - kanske vi inte kan ha dörren vidöppen om det är den enda öppna dörren. Men en öppen dörr kan få andra dörrar att öppna sig. Nu stängde ni alla. De föll som ett korthus.

Men samhället är inte bara sina institutioner, det är även dess medborgare. Ni bar ingen tilltro till oss. Ni såg aldrig oss som en resurs. Att vi *tillsammans* kunde lösa situationen åtminstone för dem som redan befann sig i landet. Så vi hade sluppit svika dem så grovt, i synnerhet de ensamkommande barnen.

Nu är det vi, medborgare, som får mildra den skada ni så svekfullt orsakar. Det är vi som tar hand om, värnar, för talan för, argumenterar för, skyddar, gömmer. Vi gör det *mot* er, inte tillsammans med er som vi önskat. Ni har blivit våra fiender. Vart är ett samhälle på väg när de folkvalda agerar på tvärs mot den goda viljan hos så stor del av befolkningen?

Att fortsätta med utvisningarna, tills den nya lag som många sätter sitt hopp till är genomförd, är en ofattbar cynism. En uppvisning i känslolöst mekaniskt agerande. Som offer för regelboken - NU går den inte att rucka!

Tillåt er att fungera som människor! Ni är ju människor precis som vi! Ni har fått vårt mandat att genomföra de goda besluten. Gör det då! Det är mänskligt att ändra sig och det är stort att kunna stå för sina misstag! *Särskilt* som politiker.

Låt de unga stanna. Ge dem amnesti. Vi har *allt* att vinna på det.
De berikar vårt land.

Margareta Söderberg

Anna Eriksson

ATT FÅ SOMNA PÅ KVÄLLEN OCH VAKNA PÅ MORGONEN UTAN ATT VARA RÄDD

Privat foto

När det här barnet kom till mig för tre år sedan kunde jag ge tröst, värme och hopp. Idag när han är en ung man vet jag inte längre hur? När hopplösheten genomsyrar hela hans väsen. När vårt samhälle har svikit honom på alla sätt man kan svika ett barn. De har fått honom att öppna sig, berätta om allt det hemska, det ofattbara, för att sedan säga "Du ljuger!" Du har inte gjort din historia trovärdig! De har gett honom en familj, ett hopp, en skolgång, en framtidstro, för att senare rycka undan mattan och säga du är inte välkommen här. Du är inte värd lika mycket som vi. Du kanske kommer att dö i Afghanistan men det är inte säkert. Det kan gå bra. Istället för att spela fotboll, tv spel, hänga med kompisar och studera, kan du fly och hålla dig gömd internt.

Om ingen gör något så kommer mitt barn sitta med poliseskort på ett plan till Kabul i februari. Jag kommer inte låta det hända såklart. Men hur ger jag honom hoppet och tilliten tillbaka? Gode Gud hur?

M är en ganska vanlig 17-årig kille. Han gillar att spela fotboll, fortnight, hänga med kompisar och göra vanliga saker. Det som skiljer honom från de flesta andra 17 åringar är att i sin ryggsäck bär han 14 år av förföljelse, terror, hot, flykt och våld. Sakta, sakta har vi tillsammans under de senaste 3.5 åren, stannat till ibland för att packa ur små delar ur hans ryggsäck för att få plats med ny packning. Små resor, jular, fotbollscuper, skolresor, en skolbal, födelsedagar och sommarlov.

Den senaste tiden har vi fått göra plats för ny rädsla, ny ångest och tanken på en ny flykt.

Vet ni att idag 2019 förföljs, plågas, fängslas barn och ungdomar i Sverige. Vet ni att barn och unga flyr med organiserade smugglare, inte in i Sverige utan ut ur Sverige. För att leva i tält i Tyskland. Under en bro i Paris eller i en tunnelbanestation i London. Så rädda är de för sina liv. För sin framtid.

Efter åtskilliga avslag och överklaganden är den här pojken idag helt skyddslös. Han hänger i en rättsprocess på liv och död utan ett offentligt biträde som för hans talan. Mot ett statligt verk som kategoriskt vägrar att lyssna och tro på hans historia. Alla kriminella har rätt till en offentlig försvarare. Alla. Mördare, pedofiler och våldtäktsmän. Det enda han gjort är att som 14 åring fly för sitt liv. För att han trodde att någonstans långt borta har jag chansen att få växa, leva i trygghet.

Att få somna på kvällen och vakna på morgonen utan att vara rädd. Men idag är han rädd. Idag är jag rädd. Så fruktansvärt rädd. Den enda trygghet han har är det liv han så modigt skapat. Familjen, kompisarna, lärare, fotbollstränare och lagkamrater.

Vet ni hur svårt det är att få ett traumatiserat barn att tala? Att öppna sig, att blotta sig. Vet ni vilka skador det ger när ett traumatiserat barn till slut talar, och inte blir trott? Jag vet. Jag ser det i hans ögon varje dag. Jag är så trött och kan bara se på honom och säga att jag ger aldrig upp för jag älskar dig.

9 mars 2019.

M kom till Sverige i oktober 2015. Ett litet barn som skiljts från sin familj och allt han kände till. Han var rädd och traumatiserad.
Vi som familj tog emot honom som det lilla barn han var. Sakta men säkert kom tilliten och med den hans uppbyggnad av ett liv i Sverige. Vi peppade honom, drev honom och uppmuntrade honom timme för timme, dag för dag. Vi jobbade hårt. Vi som familj men framför allt han själv.
Den lilla lilla killen. Med sin tunga ryggsäck från ett liv under hot och stress, oro och förtvivlan.
Med allt vårt jobb kom skola, fotbollsträning, kompisar, ett liv som en ung kille i Sverige. Trygg, förhoppningsfull och med en framtid. Med förundran såg vi hur vi lyckades. Hur han gjorde framsteg och med stor aptit tog till sig Sverige och allt vad det innebär. Kulturkrockarna var många och dråpliga men vi skrattade och kämpade vidare. Svenska värderingar trängde undan de gammalmodiga muslimska värderingar som satt djupt. Långa diskussioner om människors värde, sexualitet och frihet.

Vi såg aldrig då att M en dag skulle tvingas tillbaka till Afghanistan. Att allt han lärt sig, allt han accepterat och insett i vår kultur skulle vara honom till last i framtiden. Hans tillit till mig och till det svenska samhället har varit stor. För stor, inser jag nu. Än har han tilliten till mig, och det gör ont.

För jag kan snart inte göra mer för honom.

Sedan det sista besöket på Migrationsverket har något hänt med M.

Han tvingades säga att han vill åka tillbaka till Afghanistan. Under hot i princip tvingades han säga orden som är så emot allt han trott och hoppats i snart 4 år. Hans ögon slocknade och har inte tänds sedan dess.

Den pigga och glada killen som vi sett och kämpat för, dör sakta framför våra ögon. Han vill knappt äta. Han vill inte spela fotboll. Han vill inte träffa sina vänner. Han vill inte prata, diskutera och underhålla oss med sin sprudlande personlighet. Han vill inte sjunga. Som han gjort varje dag sedan han kom. Hans dagar fördrivs på hans rum. Under täcket eller framför datorn. Hans nätter är en mardröm, inte bara för honom utan för oss alla, hans familj som älskar honom. Hans skrik, hans gråt och hans vankande.

Ni måste förstå vad det gör med en ung pojkes känsloliv att gå från framtidstro och livsglädje till att acceptera att han måste återvända. Att han kommer att tvingas till flykt igen. Från Afghanistan till sin familj i Pakistan.

M som inte ens vågar gå från bussen, 2 km, när det är mörkt. M som har lampan tänd hela nätterna för att han är rädd för mörker. Från att studera, träffa tjejer, ha kul, börja jobba, är hans framtid efter flykten över gränsen, att bli ensam försörjare för sin mamma och sina sju systrar.

Sverige har gett honom allt i 4 år. Ingenting i Sverige eller vi som familj och samhälle har förberett honom för den framtid som vi nu tilldelar honom. Han är ett barn idag, och i år framöver. Idag är han dessutom mitt barn även om det inte hör hit. Jag har tre vuxna barn. 24, 24 och

27 år gamla. De behöver mig fortfarande. I Sverige tar vi hand om våra barn länge.

I Afghanistan tar barnen, sönerna, hand om sina familjer.
Jag vill inte, kan inte acceptera att Ms öde ska sluta så här. Han har sån kapacitet och förmåga om han får fortsätta växa och utvecklas. Studera och vara fri. Vi tog emot honom, ni, jag, vi.
Vi kan inte svika honom nu. Det dödar honom.

2015

Var inte rädd att upprepa det
självklara:
De rika behöver inte det de har
och de fattiga har inte det de behöver.
Väj inte för att tänka den enklaste
tanken till slut:
Ingen väljer sin födelseplats, och den
som färdas över haven kunde vara du.
Det är morgon och du har överlevt.

Göran Greider
ur "En av dessa morgnar
ska du stiga upp sjungande"

Heidi Clement

"Mamma jag orkar inte mer"

Foto privat

Aref blev min son hösten 2015 när han kom som ensamkommande från Afghanistan. Från första stund kände jag att nu har vår familj ytterligare en familjemedlem och min dotter har fått en storebrorsa. Från första dagen har jag älskat den här pojken som om han vore mitt kött och blod och jag gör så än idag.

Min son skulle fylla 15 år. Han var precis som man ska vara när man är tonåring - glad, arg, trött, pigg, ledsen, rolig, sur, nyfiken, ifrågasättande, och allt annat som hör till denna ålder.
Men så började han förändras. Tankarna om att vad det egentligen är att leva började bli alldeles för jobbiga. Och allt oftare sade han att

han inte orkade leva. Vad gör man som förälder när ens barn inte vill leva?

Det började med att han inte kunde sova på nätterna, mardrömmarna kom direkt när han blundade. Sedan kom panikångesten. Attacker som slutade med att han svimmade och började krampa. Dessa kom direkt när han började känna sig stressad. Ambulans fick tillkallas flera gånger, både hem och till skolan. Det blev raka vägen till barnakuten och sedan vidare till BUP. När han vaknade upp var det första han alltid sa: "Jag orkar inte mer! Mamma jag orkar inte mer!"

Efter tredje självmordförsöket blev vi inskrivna på BUP. Nu verkade det vara så att han på riktigt inte ville leva. Fem dagars övervakning, samtal och antidepressiv medicinering skulle påbörjas.
Återigen fick vi åka hem, med ett recept på antidepressiva och ett "ring vårdcentralen för medicinuppföljning när han ätit tabletterna i en vecka". Vi remitterades vidare till BUP öppenvård, samtal och medicinuppföljning.

Fjärde självmordsförsöket kom då också. Och samma desperata ord från min son: "Mamma jag orkar inte mer, jag vill inte leva mer."
" Nästa gång kommer du inte att hinna, nästa gång kommer du inte att kunna hjälpa mig!"

Så var det. Fyra gånger lyckades jag hitta honom i tid. Jag tog mitt "jobb" som mamma på största allvar, som jag blev tillsagd "han får inte lämnas själv, hitta på saker att göra, låt honom inte ha för mycket tid att tänka, se till att han umgås med kompisar, se till att han går på fotbollsträningarna."

Han blev diagnostiserad med PTST och hög suicidrisk pga trauma. Vi visste också precis vilken behandling han behövde - men nu kommer kruxet: Vi kunde inte påbörja någon behandling för han hade inget fullständigt personnummer. "Vi måste veta att patienten blir kvar i

landet för att fullfölja behandlingen" fick vi höra samtidigt som min son sakta men säkert började glida ifrån mig.
- Snälla älskling, orka lite till! Snart kommer det positiva beslutet, jag är helt säker - klart att du kommer att få stanna. Vi har ju gjort allt som Migrationsverket bad oss: intyg från lärare, tränare, bekostat en medicinsk åldersbedömning som visar att du är den ålder du säger.

- **Men mamma, varför tar det sån tid?** Jag orkar inte vänta mer, jag vill börja leva.
Vad skulle jag svara på det? Jag mejlade handläggaren nästan dagligen och vädjade att ärendet skulle få prioritet för jag kände att min sons livslust snart var helt borta. Och vi hittade på saker att göra, hela tiden, allt för att hålla hans humör någorlunda uppe, få honom att tänka på annat än den hemska väntan och ovissheten.
- Mamma, jag har bästa livet, jag har bästa familjen men ändå vill jag inte leva mer.
Han var helt övertygad om att Sverige inte ville ha honom här. Så måste det ju vara, han skulle få ett avslag, varför skulle det annars ta så lång tid när vi hade lämnat in så många underlag?

Så kom dagen med beslutet och det blev PUT - permanent uppehållstillstånd, det som vi hade väntat på så länge. Jag grät av lycka när jag berättade det för honom. Han kunde liksom inte riktigt förstå vad jag sa.
- Är det klart nu? var de enda orden han fick fram. Ja, älskling nu kan vi börja leva på riktigt!
Jag var så lättad, äntligen ska min son få det liv han förtjänar, äntligen!

Men det blev inte så. Tre dagar senare när jag kom hem efter att ha varit borta i 55 minuter, hittade jag hans avskedsbrev.
"Mamma jag älskar dig, du har varit den bästa mamman för mig någonsin. Men jag orkar inte mer, jag älskar inte mig själv mer. Livet är så jobbigt och det enda jag kan se är självmord. Jag vet att jag har varit jobbig men jag hoppas att du kan förlåta mig."

Dagen efter kom hans personnummer på posten.

Jag fick ett samtal förra veckan från Östra sjukhuset. De berättade för mig att fem personer nu lever vidare tack vare min sons organdonation.
Fantastiskt, men det var ju vi som familj som skulle leva vidare tillsammans...

Jag tog det på största allvar när det vädjades till svenska folket under 2015 att öppna era hem och hjärtan för dessa barn som är på flykt. Jag tycker att jag till allra högsta grad har gjort min del och jag kommer att fortsätta, för det är fortfarande så många ungdomar som väntar i ovisshet och mår så dåligt.

Så nu vädjar jag till er beslutsfattare. Det är er tur nu, låt de unga stanna! Splittra inga fler familjer, krossa inga fler drömmar och visa den medmänsklighet som jag vet att Sverige fortfarande står för!

Min son skulle fylla 15 år. Jag är helt övertygad om att han skulle varit med oss här och nu om vi hade fått rätt hjälp från början och om väntan och ovissheten inte hade blivit så lång och outhärdlig!
Är man alltid ansvarig för sitt egna liv?

Arefs mamma
23 november 2017

Adrian Rahmani

27 maj 2017

Ser du

Kom och se livet från mina ögon
Ser du mörkret som inte verkar bli ljus
Ser du fjäder och vingar som har knäckts
Ser du händer som inte rör
Ser du hjärtat som inte pumpar
Ser du munnen som är tyst
fastän har mycket att säja
Ser du ögonen som inte blundar och är trötta
Ser

Arian Rahmani
13 april 2017

SLUTA!

Sluta! Irritera mig inte mer, skada mig inte mer,
döda mig inte mer, avlägsna mig inte mer från
min mammas famn, sluta! Avlägsna mig inte
mer från min brors medhåll, sluta! Tvinga mig
inte mer att gråta, sluta! Det finns inte mera
tårar i mina ögon, sluta! Gör mig inte
föräldralös, sluta gör mig inte handikapp, sluta!
Föranleda inte att jag ska ha ont i hela mitt liv.
sluta! och låt mig andas, låt mig känna att jag
lever, sluta! Och låt mig flyga fritt, sluta! Och
låt solen skina alltid, sluta! Och låt solen skina
och lindra mitt hjärte med sina värma händer.
sluta! Och låt mig vara alltid i den månens famn
som är min mammas famn, sluta! Och låt dessa
glänsande stjärnor som är mina syskon lysa mitt
livs himmel. sluta! (krig) jag orkar inte mer.
Min vinge och fjäder har brutits och jag kan inte
flyga mer.
Tror på mig jag är väldigt trött på dig, sluta och
låt mig leva i fred.
Jag avskyr dig
KRIG!

Arian Rahmani
23 *maj 2017*

Om jag inte ska finnas?

Idag funderade jag mycket över frågan om vem eller vad som betyder mest för mig idag? Fram för allt måste jag säga att det är svårt att svara på sådana frågor.

Men efter flera timmars tankar kom jag överens med svaret. Det är jag som betyder mest för mig, eftersom livet ska inte betyda någonting om jag inte finns. Det är jag som ger betydelse till livet.
Allt som finns i livet betyder någonting. Tex kärlek, mamma, syskon, utbildning, rikedom. Men om jag inte finns vem ska få allt. Därmed är det jag som betyder mest för mig.

Om jag inte finns vem ska ge tillbaka alla kärleken som min mamma har gett mig. Vem ska trösta min mamma när hon är ledsen som hon tröstade mig när jag var ledsen. Vem ska torka tårarna från min mammas kinder om jag inte finns. Vem ska ta hand om min mamma när hon blir gammal som hon tog hand om mig när jag var liten. Om jag inte finns vem ska gråta för min mammas frånvaro.

Om jag inte finns vem ska lysa mitt syskons livs himmel som blev mitt livs stjärnor när jag var hos dem.

Om jag inte finns vem skulle utstå det livet som var som helvete för mig.

Om jag inte finns vem ska bygga den framtiden som har jag framför mig.

Om jag inte finns vem ska trösta det brutna hjärtat. Hjärtat som byggde slott för honom. Hjärtat som byggde Taj Mahal för honom. Men som han inte förstod. Han raserade det slottet.

Om jag inte finns vem ska gråta för hans frånvaro. Om jag inte finns vem ska donera leende till honom. Han vars leende är min värld. Han vars tårar gjorde världen till helvete för mig. Han som betydde allt. Han som jag levde för. Han som ändrat mig. Han som lärde mig att jag finns. Han som lärde mig att livet är fint trots dess problem.

Om jag inte finns vem ska hata de vilda djuren i människors ansikten. De som inte har hjärta, inga känslor. De som bara vet hur det är att döda. Inte hur det är att gör en ledsen person glad med sitt leende.
De som har inga religioner men dödar oskyldiga människor i religionens namn. Om jag inte finns vem ska bli journalist och berätta om världen och människors smärtor. Om jag inte finns vem ska bli författare och skriva människors sorger.

Om jag inte finns vem ska hata den personen som tvingade mig att flyga och rymma fast inte hade vingar. Jag hatar dig. Jag hatar dig. Jag hatar dig. Vem hatar jag? Jag skäms att säga ditt namn.

Nu är jag i mitt rum. Jag har min dator framför mig och lyssnar på Mortaza Pashaeis sånger. Mina kinder rör mina tårar. Jag försöker att stoppa dem.
Men det verkar som rinnande vatten från ett stort hav.
Jag säger ingenting utan att hata dig. Det finns ingen som tröstar mig och tar bort mina tårar. Herre gud hjälp mig. Trösta mig. Mitt livs himmel har blivit mörk. Min sol, måne, stjärnor har försvunnit. Lys mitt livs himmel. Jag har tappat hopp att leva. Jag ber dig guden att hjälpa mig. Som Helen Sjöholm säger i sin sång att "du måste finnas, jag lever mitt liv genom dig."

Jag ska leva. Slutligen för allt som jag sade därmed är det jag som betyder mest för mig. Jag har mycket att säga om du vill veta så bläddra mina ögons sidor.

PS: SJÄLVMORD är inte lösningen!

Arian Rahmani
15 juni 2017

Så att de kunde flyga

Må jag kunna skapa fjädrar och vingar till alla som har
drabbats i otrygghet, krig, våld och orättvisa så att de kunde
flyga och fly från terrorister, från krig samt kunna överleva
då skulle ingen förälder behöva gråta för sin barns död och
ingen barn för sin förälders

Adrian Rahmani
30 juni 2017

För att livet är fint

Vill bli musiker och förvandla skratten leenden gråten livet ger oss
till noter och spela.
Vill bli poet och titta på livets ögonen och skriva om
varenda stund av livets glädje och sorg och
deklamera dem varje dag för att livet är fint
trots dess sorger och svårigheter

Elin Morén
2 februari 2018

Jag kommer kanske behöva lämna dig

"Jag kommer kanske behöva lämna dig ett par år, men jag ska försöka komma tillbaka"
Så sa han mellan mina konstruktiva förslag och motiverande kommentarer. Jag hade inte förberett mig på det här, jag trodde vi hade mer tid att planera, mer tid att utkräva det enda rätta. Så en dag står han med pappret i handen. Ett sista avslag.

Varför skulle de inte tro på honom. Han vet vad han flytt ifrån. Han kommer till Sverige 2015 och en polis på tåget säger på engelska att snart är vi framme, vi ska ta hand om dig. Vad skulle han ha för anledning att tro att det var lögn.

Men han blir kantstött i fyrkantig handläggning och misstänksamma frågor.
De tror inte på honom. Efter ett och ett halvt år kommer första beskedet. Den här ärliga, storsinta, eftertänksamma och kärleksfulla killen är inte trovärdig, inte heller hans upplevelse av förföljelse. Inte faktumet att han är flykting sen barnsben. Att han har sett lemlästade kroppar med egna ögon. Att han har känt slagen mot kropp och själ.
"Jag kommer behöva lämna dig" säger han till mig. Det är han som tar ansvar över att prata om det svåra, som med mjuk röst tvingar mig att bekräfta hans rädsla. "Det svåraste kommer att vara att lämna dig. Jag har lämnat min familj en gång tidigare, jag kommer inte orka göra det igen".

Även du, som inte står utanför förvaren och protesterar, som inte håller handen på möte med migrationsverket eller som inte kontaktat alla du känner i hopp om att någon kan ge rum åt en ungdom i nöd, även du blir lidande av den medmänskliga nedmonteringen i ditt land.

Det är inte på torget det är kallt idag, det är det demokratiska maskineriet som gnisslar av rimfrost, det är tjänstemän i våra myndigheter som hackar tänder.

Vad händer med dig och ditt samhälle när det är dina folkvalda som står för de mänskliga övergreppen? Det är inte terrorstämplade organisationer som sliter människor från sina gömställen för att lämna dem i våldets händer, det är den svenska myndigheten Migrationsverket och den Svenska polisen. Det är inte en psykopat som står på flygplanet och slår flyktingen som skriker för sitt liv, det är en gränspolis.

Jag vet att jag för honom inte kan vrida världen tillrätta idag, men jag kan vara vittne till det som händer honom, barnet som kom hit ensam. Jag kan säga att han är värdefull och speciell, när migrationsverket säger att han är en ovälkommen lögnare. Jag kan säga att hans rädsla är berättigad när migrationsverket ber honom komma på ett samtal om att återvända och vilka pengar han kan få om han gör det.
Sen 2015 är det ca 38 000 ensamkommande som sökt asyl i Sverige. Det har varit betydligt fler som kommit under andra tider med katastrof och krig. 100 000 människor blev våra grannar och klasskompisar under 90- talet på grund av Balkankriget. Det är alltså ganska få människor även sett närhistoriskt som vi pratar om ska bli våra fullvärdiga medborgare nu. Det är absolut max dessa 38.000 som skulle få uppehållstillstånd om vi från politiskt håll gav dem amnesti.
I ett land som ekonomiskt sett har det bättre än på väldigt länge, hela tiden blir rikare och vars arbetslöshet går ner, så är det inte svårt eller slitsamt för ett samhälle att få en liten befolkningsökning, det är tvärtom berikande både ekonomiskt och för det mänskliga.
Det finns inga "ekonomiska" argument som håller, det är endast politiskt maktspel som är grunden till denna mänskliga tragedi.
Regeringens nuvarande restriktiva och rättsosäkra asylpolitik skulle i många tider setts som ett skämt, men med den rasistiska grogrunden idag så får den istället fäste.

Man använder den rasistiska idébilden som fått fäste i svenskarnas kollektiva medvetande om invandring som ett problem, för att legitimera en usel ekonomisk politik som samlar rikedomar på toppen. Han säger: " nu väntar jag på människorna, de måste göra sig redo för vad som kommer. De kommer behöva oss som vet hur det är". Han har förstått att damen på tunnelbanan, idrottsläraren och trebarns-mamman också är i fara. Lever med ett sting i hjärtat, en oro i magen och en gnagande tanke i bakhuvudet, en legitim rädsla för framtiden.

Vi sover på varsin sida om rummet. Han brukar sjunga för mig sånger på urdu när jag ska sova. Han smörjer sin ömma fotled med voltaren. Jag förklarar svenska uttryck så som vad en ljusglimt är. Han säger:" jag hoppas att jag blir galen snart, för då bryr man sig inte längre".

Alla vet att det som sker är fel. Alla vet att amnesti är det enda rätta.

Amnesti, med besked.

18 januari 2017
publicerades denna berättelse på fb-sidan Stoppa utvisningarna av
afghanska ungdomar. Vi har inte lyckats komma i kontakt med
författaren och återger därför här texten anonymt. Red.

Finns det plats för mig i den här världen?

Hej allihopa. Jag skrev ett brev till Sveriges folk! Jag ska dela det med er! Om ni vill ni kann läsa den. Jag är inte så bra på svenska. Hoppas ni förstår att vad jag skrev.

Jag är 16 år. Jag kom till Sverige med min bror, han är 17 år.
Vi kom för 1 och ett halvt år sen, och vi sökte asyl i Sverige, men för 2 mån sen vi fick avslag från migrationsverket. Jag vet inte hur de bestämde för oss. Jag tycker inte att de tänkte på oss bara för en sekund. Nej, det gjorde de absolut inte.

Jag är en afghan-tjej. Jag har ingen rättigheter på mitt land. De stenar mig om jag säger vad jag tycker, eller om jag ska gifta mig med någon som jag vill. Jag är inte en människa på mitt land, jag är som en slav i Afghanistan och jag måste göra allting som talibaner säger. Jag får inte ta på mig vad jag vill, jag får inte gå till skolan, jag får inte göra någonting som jag vill. De gör våldtäkt på mig, vet ni varför? För att jag är en tjej, jag är på rymmen från mitt land, för att de tror att jag har inte en själ. Jag vill aldrig åka tillbaka till Afghanistan.

Jag är en afghan tjej – finns det plats för mig i den här världen?

Kan ni tänka att hur var svårt för mig att komma hit. Jag skulle aldrig lämna mitt land och min familj om jag var inte tvungen. Jag tog mitt liv på min hand, och tog ett farlig väg till hit. Jag hade ett långt resa med ingenting. Jag var jätterädd att om någon tog mig och göra någonting dum mot mig. Vad ska jag göra, vad kan jag göra?

90

Jag visste inte var Sverige ligger, vilka människor bor där, vilka religion har dem? Men jag hade ett hopp att de människor kommer hjälpa mig. Jag kommer att ha mina rättigheter som ett barn och jag kom här. Jag kämpade mycket men efter ett år och halvt de sa att ni måste åka tillbaka till Afghanistan.

Vem kan jag prata med? Vem vill lyssna på mig? Jag har jättemycket ont i mitt hjärtat, Vem kan lyssna på mig?

Jag såg inget liv i Afghanistan, annars jag kunde inte lämna min mamma. Jag var en tjej som kunde inte sova en timme utan min mamma. Tänk på dina barn. Sätt er själva i våra föräldrars ställe, de lämnade sina barn för att de ville inte att vi dör framför dem. De visste inte om vi ska leva eller vi ska dö, men de var tvungna att skicka oss hit.

Det var bara krig som jag såg överallt i Afghanistan. Vad är våra synd? Barnen vill ha fred, vi vill ha en värld utan krig, vi ska bygga våra framtid.

När jag kom hit jag hade stort hopp i mitt hjärtat. Jag kämpade för att lära mig svenska. Jag var jätteglad att jag kan gå till skolan och jag kan leva någonstans som finns ingen krig, ingen hårdhandskarna, ingen våldtäkt och ingen mord. Säger inte till mig att jag tyckte fel.

Men nu jag är ett barn som har förlorat alla sina hopp, alla sina drömmar. Jag kan inte sova på natten. Jag har stress varje sekund. Jag är orolig för min familj, för min bror, för allting. Vem kan förstår mig? Jag är en tjej som älskar sin bror. Jag kan inte se att han är ledsen, jag ser att han kan inte sova.

Innan migrationsverket svarade oss han var jätteduktig i skolan men nu han kan inte koncentrera på någonting. Han blev helt hopplös. Han säger hela tiden att jag vill inte dö, vi ska aldrig åka tillbaka till Afghanistan. Vi är från hazara grupp, och alla vet hur situation är i Afghanistan för hazarana och särskild för barn. Är det inte tillräckligt att jag är en hazara barn och om jag åka till Afghanistan de kommer döda mig på grund av att jag är hazara?

Afghanistan är ett land som finns krig i överallt. Vi som hazara kan inte resa från en stans till andra område i Afghanistan, hur ska vi leva i Afghanistan?

Om Afghanistan var säkert för oss så skulle vi vara tillsammans med våra familjen nu, och inte här och be om trygghet.

Jag begär att Sverige inte skickar oss tillbaka till Afghanistan, till dö och till krig. Afghaner vill leva, inte kämpa varje dag för att överleva.

Snälla skicka inte oss till Afghanistan.

Maj 2017

Varför gav dem mig hopp?

Här sitter jag ensam och gråter. Kan inte ens sova fast jag har tagit sömntablett, trött att tänker bara på framtiden hela tiden. Kan inte koncentrera på någonting.

Mest tänker jag på min bror för han är väldigt känsligt. Han kommer inte hem ofta efter vi har fått avslaget. Kommer ihåg när mamma sa att ni måste tar hand om varandra.

Jag är helt slut. Orkar inte mer. Har pratat med honom många gånger men han mår jättedåligt pga avslaget och säger jag kommer att döda mig här om de vill utvisar mig till helvete (Afghanistan). Jag vet inte vart ska jag ta vägen?

Ibland tänker jag om Sverige skulle utvisar mig till Afghanistan varför lät mig att gå till skolan? Eller varför har jag försökt att lära mig språket? Varför gav dem mig hopp?

De kunde säga att du får inte stanna i Sverige på första dagen, men nu jag bodde här typ 2 år. Hur kan jag lämna här, lämna mina kompisar, lämna mina lärare, min stad, skolan, de som jag älskar och allting som jag önskar hela livet? Kan någon svara? Kan ni visa mig en väg för att jag kan glömma allt och åka tillbaka till Afghanistan?
Jag är en tjej med ett stort hjärta. Jag älskar alla människor och jag försöker att vara snäll mot alla. Jag pluggar och nästan duktig i skolan. Jag kan måla, jag kan laga mat, jag kan klara mig ofta. Jag ska bli läkare och hjälper Sveriges människor och alla.

Vad är problemet? Varför jag får inte stanna här? För att vi har en dum president som bara tänker på sig själv? Är det våran synd?
Jag svär på Gud att om det finns ingen krig i mitt land, jag skulle aldrig åka till någonstans. Jag skulle stanna där och studera, vara med familjen... men... Guuuuud.

Ibland blir jag jätte arg på Gud för han skapade mig. eller skapade mig som en Afghan. Varför finns det krig i mitt land. Varför alla mobbade mig hela livet... i Iran de kallade oss smutsig Afghan, i mitt eget land de kallade oss hazara. Eller de bara säger du är en tjej, du är svag, du kan inte göra någonting utan en man. Du har ingen hjärna, du måste lyssna på oss, du får inte välja någonting, du måste acceptera allting vi säger annars vi stenar dig... Men helvete... Jag vill dö men bestämmer själv på mitt liv. Jag måste hitta en väg med hjälp av någon. Sen de få se att vem är starkast.

Jag är en människa. Jag vill ha mitt rättigheter... Vad är syftet att leva på jorden om ingen vill ha mig. Ingen vill acceptera mig som en människa.

Jag har försökt hela livet tills nu... och jag ger inte.

Ibland jag blir jättetrött på såna grejer. Men försöker och försöker fortfarande... att vara stark... att ger inte upp... att behålla mitt hopp...

Sverige kan bygga upp min framtid och kan förstöra den... med en JA eller NEJ.

Mohammadamid Faqirzada
26 mars 2019

Vi är inte framme än

Vi har ett leende på läpparna med det finns
                    sorg i våra hjärtan

Vi har skratt i våra ansikten, men
                        tårar bakom våra ögon

Vi har många drömmer, men det är bara
                            en fantasi

Vi har rättigheter,
        men våra sovrum är under regnet på gatorna

Vi har mycket att berätta,
                    men vi har svårt med språket

Vi liknar er men ni liknar inte oss, vi bor i
        ett modernt land men lever som på stenåldern,

Vi har rätt att uttrycka våra åsikter
                    men det är ingen som lyssnar på oss,

Vi är inte framme än
        och de säger att det är dags att åka tillbaka hem

Mohammadamid Faqirzada

31 mars 2019

Sol

Sol det är jag igen,
Sol jag förstår att du känner mig igen,
Sol jag står mittivägen utan hem och utan allt,
Sol hjälp mig, jag behöver få din hjälp,
Sol här på jorden är det inte någon att hjälpa mig,
Sol det är du som förstår mig,
Sol jag står mittivägen och tittar mot dig,
att när du kommer och lyssnar på mig.

Sol jag har inte hem och inte värma kläder sol
jag är ensam med dig
Sol jag fryser och himmeln gråtar med mig sol
det kommer tårar från himmeln och mig
Sol sken och värma mig,
Sol kom och torka mina tårar som rinner ner över mina kinder,
Sol mina händer är iskalla och jag kan inte röra på de,
Snälla sol kom.

Sol du kom inte och det snart kommer bli mörkt,
Sol snälla säg till Månen att Mohammad har ingen lamp
och hem och ljus,
Sol säg till Månen att det är nästan tre år som jag letar efter
min väg och hem
men tyvärr jag kunde inte hitta det.

Sol du gick och Månen är också borta och
luften blåsar så hårt att jag ramlar.
Mån jag tror att du förstår att hur svårt det är
att leta efter sin väg på natten
och det ska vara så mörkt.
Det tror jag, eftersom ibland på nätter
när stjärnorna lämnar dig ensam och
du precis som mig du går runt hela natten men
du kan inte hitta din väg och hus som mig.

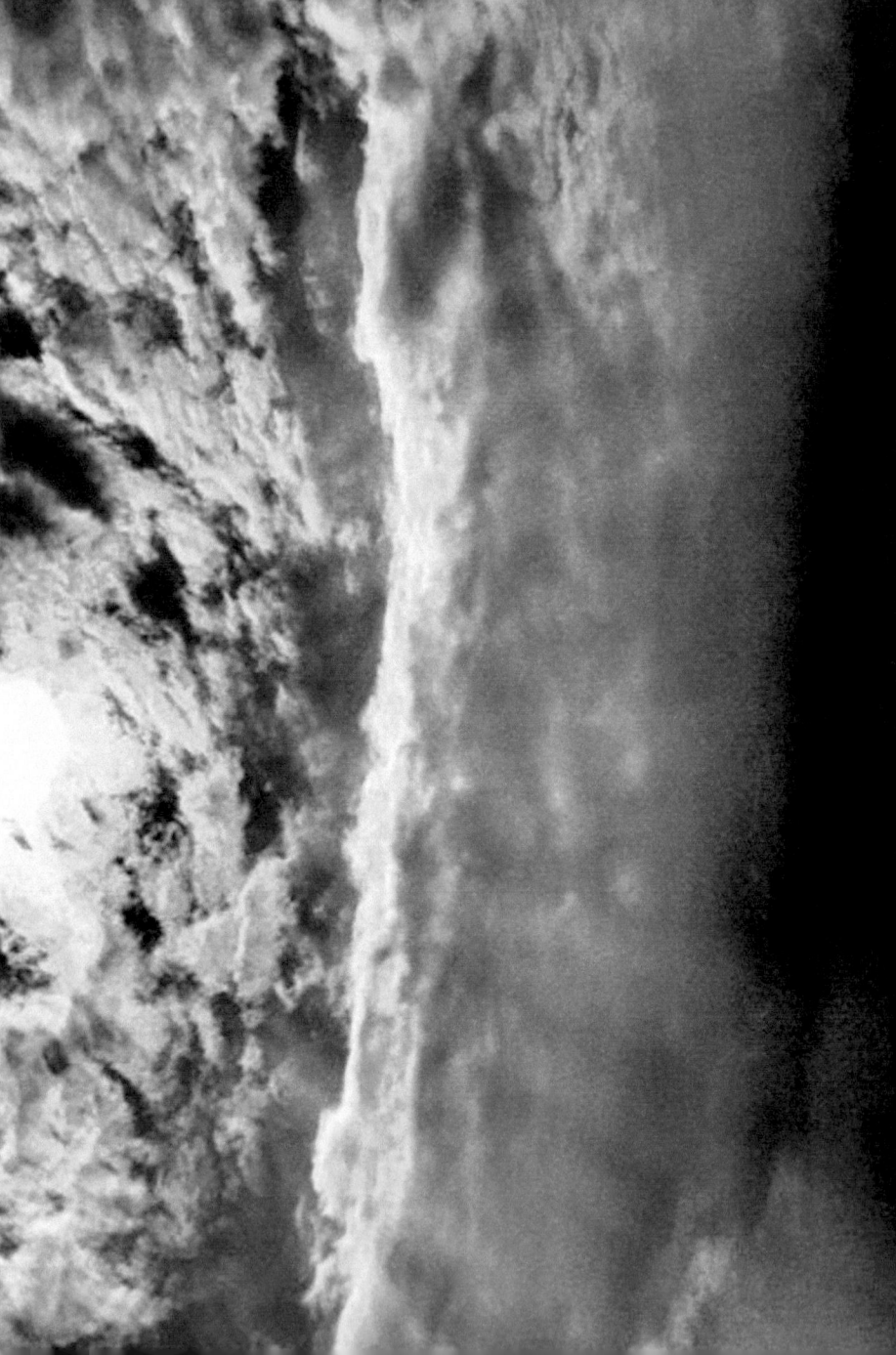

Mohammad Mossawi

Brev till min syster

Det här brevet började jag skriva i tanken häromdagen när jag saknade min yngsta syster väldigt mycket. Det var så jobbigt!!! Pratade med Pia och hon sa "Du kanske kan skriva ett brev till din syster – även om hon aldrig får det kan det vara skönt för dig." Jag gick ut och satte mig på en bänk vid vattnet och började skriva i huvudet.

Hej min älskade syster Samonn, Sha-are golam!

Jag saknar dig väldigt mycket. Vill inte släppa fram mina tårar men jag gråter inne i mitt hjärta när jag tänker på dig. Det är jättejobbigt faktiskt. Varje gång jag säger ditt namn skriker mitt system och jag måste stoppa. Ta paus. Börja skratta istället! Jag vill prata med dig och väljer bort, det blir så svårt.

Nu har det gått flera månader sen du gifte dig. Jag hoppades så att få vara med på ditt bröllop och säga grattis och dansa och vara jätteglad tillsammans med dig och alla andra. Nu klarar jag inte ens att ringa till dig och gratulera. Jag klarar det bara inte. Jag ser bilden av dig i mitt hjärta och i mitt huvud och säger grattis. Jag tror du vet det!

Syster, jag har så många bra minnen av oss. Jag saknar att få skoja med dig. Kommer du ihåg när du städat så stökade jag till det igen. Du brukade ta min arm, hålla den hårt och skaka den. Jag brukade skratta och du blev jättearg. Du förstod alltid mig, lyssnade alltid och hjälpte mig mycket. Det skulle vara så skönt att bara få prata några timmar och berätta om hur jag mår och hur jag har det nu. Nästan tre år nu sedan jag träffade dig. Och jag vet inte någonting om när jag kan träffa dig igen. Så jobbigt!!!

Kära Samonn, jag har så svårt att berätta om vad som hänt mig men vet att ingen annan förstår mig som du. Nu vill jag berätta. Du skulle inte känna igen mig om du såg mig nu. Jag har blivit en annan människa. Jag har självklart växt men också blivit på ett annat sätt inuti. Du vet hur jag var förut; en skojig och busig kille som alltid försökte få dig att skratta. Nu är jag ofta tyst och allvarlig.

Sen jag kom till Sverige har jag bytt boende 5 gånger. Varje gång får jag känslor som när jag skiljdes från dig och familjen. Det är jättejobbigt med alla uppbrott, att jag behöver anstränga mig för att lära känna nya människor.
Jag har varit orolig så mycket. Kan inte sova och när jag sover har jag hemska drömmar.
Nu bor jag hos min svenska extramamma och hennes sambo, min vän Thomas.
Jag har varit nästan två år i Sverige nu. Jag har fått så många fina vänner,
Jag har en extramamma och här finns människor som lyssnar på mig, som tycker jag är viktig. Jag går i skolan och upptäcker hur det är att ha ett riktigt liv. Nu känner jag mig hemma här. Jag kan inte tänka mig hur det skulle vara att lämna allt jag har här.

I somras gick jag till sommarskolan. De flesta dagar kände jag mig dålig och tänkte mycket på varför mitt svar från MIG aldrig kommer. Det är mycket svårare att få stanna i Sverige när man fyllt 18 år, det gjorde mig mer orolig. Jag tänkte ofta på vad som skulle hända om jag fick positivt eller negativt svar. Om jag får positivt skulle jag ha kommit lite närmare möjligheten att träffa dig igen. Men om jag fick negativt svar kommer vi aldrig ses igen. Ett negativt svar gör att de ska tvinga mig flytta tillbaka till Afghanistan. Det farliga landet som fick oss att lämna allt och leva som gömda flyktingar i Iran. Sveriges politiker säger det är säkert där! Hur kan de säga att det är säkert? Varför finns det militär från Sverige, USA, Tyskland, Norge och fler länder om det nu är så säkert? Varför finns inga turister, varför säger myndigheterna att inga svenskar ska åka dit för det är för farligt?

Samon - Nu när jag sitter och skriver och ska berätta om när jag fick mitt besked, börjar jag må väldigt dåligt. Mitt hjärta börjar slå och kroppen börjar skaka precis som när jag fick beskedet. Jag förflyttas i tiden till samma känsla som jag fick då. Det är svårt att berätta om det här.

Tillbaka till sommaren. En dag när jag mådde extra dåligt, gick jag hem tidigare.

Min vän Hamed, jag och min extramamma skulle spela biljard på eftermiddagen. Innan vi går ringer Pias telefon. Hon säger att det är min advokat och går in i ett annat rum. Jag öppnar min mobil och går in på MIG´s hemsida och läser BESLUT ÄR FATTAT! Jag börjar svettas, får svårt att andas och går rastlöst fram och tillbaka i lägenheten. Pia pratar och pratar, jag vet inte om vad.

Pia kommer ut och pratar – vad säger hon. Jag hör inte!!! Vill bara veta mitt beslut. Till slut hör jag att de pratat om något annat. Jag försöker få Pia att fatta att det finns beslut men att jag inte vet vad. Måste få veta NU! Ringer Migrationsverket och får tag i en tjej som ska ge mig besked. Så stressad - kan inte prata, inte höra. Pia får telefonen och går iväg igen. Efter en stund kommer hon ut och säger "DU HAR FÅTT AVSLAG". Jag fattar inte VARFÖR och kroppen blir helt orkeslös. All energi försvinner, allt hopp försvinner. Vill bort, ut – kan inte andas. Springer ut, skriker ut min förtvivlan. Varför finns jag, jag hatar allt. Svär över mitt land, över de som krigar, över mitt liv, över dem som kan fatta ett beslut som förstör mitt liv. Jag känner mig som en värdelös människa. Jag har öppnat mitt hjärta och berättat om mitt liv och de tror mig inte. Kära älskade syster – om du varit här då!

Ringer min kompis Nima "Jag har fått negativt svar". Svär och skriker till honom. Han säger, "Kom hit till mig". Men mina tankar var helt snurriga och jag hade tappat mig själv. Visste inte vad jag sa eller vad jag skulle göra.

Går till tunnelbanan och sätter mig på en bänk "Vad ska jag göra? Hör tågen komma i tunneln och tänker att mitt liv är meningslöst. Jag vill hoppa framför tåget! Jag hör några barn och deras mamma prata. Då kommer vår egen mamma till mig i tanken och i hjärtat. Jag tänker att jag inte är klar med livet ännu. Jag vill så gärna ge något tillbaka till henne. Till min mamma som tagit hand om mig och kämpat så för att jag ska ha ett bra liv.

Jag åker till Värmdö, till nära vänner. Jag orkade inte vara ensam. Orkade inte vara med min extramamma heller. Ville vara med vänner som skojar och förstår mig. De som också väntar.
Möts av två nära vännerna som skrattar och säger: Ingen fara Mohammad, vi åker vidare i världen tillsammans. Hossein kramar mig och säger, det kommer bli bra. En kille, Jahvad kom också. Vi pratade och spelade playstation. Det var omöjligt att sova. Vännerna säger vi är vakna med dig, vi kan åka in till stan. Jag blev jätteglad och vi var 4 som åkte in till stan och gick runt. Klockan blev 5 och vi åkte tillbaka till Värmdö.

Tack vare mina vänner blev jag peppad att orka igenom de första två dagarna. Dagar när hoppet är borta. Har hört om abstinens och min kropp känns så. Ont i hela kroppen, tänderna värker, ont i magen, hjärnan slutar fungera. Mitt största intresse är träning och det har också hjälpt mig när jag mått dåligt. När jag tappade allt hopp slutade jag till och med att träna. Jag orkade inte men det gjorde också att jag mådde ännu sämre.

Hur får man nytt hopp? Jag vet inte riktigt men en kväll vände det. Jag pratade med min vän Thomas och min extramamma och plötsligt kunde jag ändå tänka att livet är värt att kämpa för. När en person tappar sitt hopp, när det inte finns något att tänka på, kan du göra vad som helst. Du bryr dig inte om vad som är rätt eller fel. Du vill bara hitta saker som kan ge lite glädje i stunden.

Jag vill inte gråta förrän alla mina problem är slut. Jag är rädd att jag glömmer då och blir svag. Jag vill ha kvar de starka känslorna – dom gör mig stark. När jag berättar ibland för Pia, berättar jag bara en del av allt jag tänker, känner och har varit med om. Sen börjar jag skratta och Pia undrar "Varför skrattar du nu?". För att när jag tänker på alla problem på en gång som jag har inom mig och som jag befinner mig i, känner jag mig väldigt stark som klarar av allt det svåra. Då skrattar jag!

När jag fick avslaget tappade jag allt hopp. Jag bestämde mig då för att inte prata mer med er, min familj. Varje gång jag pratade med er berättade ni om massor av problem. Mamma säger att hon är sjuk och har ont och inte kan jobba mer. Ändå måste hon jobba för att få pengar att betala till Iran för att inte bli tillbakaskickad till Afghanistan. Vår bror arbetar ju men pengarna räcker inte för alla. Tänk att jag inte har fått träffa hans barn. När jag hör era problem vill jag inte berätta hur jag har det och hur jag mår. Så jag säger att jag mår jättebra och att allt är toppen för mig. Försöker vara glad och lugn. Det är svårt för mig att ljuga. Efter samtalen är det som en atomexplosion i mitt hjärta och i min hjärna. Jag mår väldigt dåligt och det sitter kvar i flera veckor. Jag orkar inte med det också. Jag hoppas du förstår och förlåter mig.

Kära syster,
Du har säkert svårt att tro på allt som jag skriver. Det är så mycket här som är så annorlunda. I Sverige bor en tjej från Afghanistan, Fatemeh Khavari. Hon startade en demonstration i Sverige, en demonstration för att stoppa alla utvisningar till Afghanistan. Jag läste om demonstrationen på facebook och åkte dit direkt. Jag och många andra från Afghanistan var där. Nu har demonstrationen pågått i sex veckor Men ännu har vi inte fått någon förändring. Fortfarande hoppas vi att Sveriges politiker ska lyssna.
Kära Samon , Nu jag vet att absolut jag kommer dö (men det vet ingen annan?). Jag ska vara glad trots alla problem jag har och skita i allt som är jobbigt.
Alla kan välja hur ens liv ska vara – hur den här dagen ska bli. Om jag mår dåligt eller om jag är glad, går tiden. Tiden går och livet. De som ser mig tänker att jag är glad, de ser inte där inne. Jag bryr mig inte om

någonting för jag har ingen att tänka på. Nu känner jag mig som en fri människa som kan vara vad som helst, och kan göra vad som helst. Inget spelar någon roll.

Mina ord räcker inte för mer. Ta hand om dig och jag försöker tänka att allt ska bli bra – för dig och för mig och för alla jag tycker om. Jag hoppas vi kommer träffas igen.

Din lillebror Mohammad

Kristina Bergström

Över ett blommigt påslakan berättar du om din syster som försvann i bergen i Iran

Första gången ser jag dig på en suddig mobilbild. Du står på en kaj i vintermörkret, i en alldeles för stor jacka, och ser så liten och eländig och förtvivlat övergiven ut.

Jag ser dig i din bästa kompis mobiltelefon. Han berättar att du är hemlös, precis som han var innan han flyttade hem till oss.

Jag fastnar för dig, utan att ens ha träffat dig. Det blir som en fix idé att jag måste hitta ett hem till dig. Jag sover dåligt på nätterna för jag tänker på att du kanske är ute i kylan.

Jag frågar alla mina vänner. alltmer desperat. Jag frågar avlägsna släktingar, grannar, arbetskamrater. Efter sex veckor då du sover på olika ställen varje natt och jag blir alltmer ångestfylld, får jag napp. Min bonuspappa på 75 år förbarmar sig och lovar ta emot dig.

Du kommer hem till oss för att bli skjutsad dit. Det är första gången jag träffar dig och jag faller direkt.

Vi åker hem till din nya familj och trots att vi aldrig har träffats tyr du dig direkt till mig. Vi bäddar din nya säng tillsammans och över ett blommigt påslakan berättar du om din syster som försvann i bergen i Iran. Du har inte sett henne på tre år och jag kramar dig för första gången. Och du berättar att du inte omfattas av nya gymnasielagen, då du kom tre veckor försent, för det magiska datumet, och jag kramar dig igen.

Veckorna går, du finner dig tillrätta hos min bonuspappa och hans nya fru, men det är lite ensamt för dig där och du kommer hem till oss nästan varje helg. Vi lagar mat, pratar, pluggar, spelar spel, går på fotboll, planterar blommor, övningskör i smyg, åker till landet och hugger ved, kör till tippen, pratar ännu mer. Det är tydligt att du trivs hos oss och jag tycker alltmer om dig.

Så bestämmer jag och din nya familj att du skall bo hos oss över sommaren, då de skall vara borta mycket och du inte mår bra av ensamhet. Du flyttar in och jag hoppas i hemlighet att du skall bli kvar hos oss även när hösten kommer.

Och så blir det. Du stannar kvar. Vår tillvaro är ganska jobbig. Du och min yngsta dotter bråkar hela tiden om min uppmärksamhet, min mellandotter blir arg när du inte är feministisk nog för henne, min äldsta dotter tycker att jag skämmer bort dig och tillrättavisar dig för mesigt, alltid med ett litet skratt. Och hon har rätt - jag skämmer bort dig och jag kan inte riktigt bli arg på dig.

Jag öser på med kärlek och bekräftelse till dig, du lilla ensamma pojke som aldrig har fått känna dig riktigt älskad. Jag brottas samtidigt med tankar om att jag förstör för dig - nu knyter du an till oss och så kanske du förlorar oss också - tänk om jag skadar dig?
Men jag kan inte annat än älska dig.

Vi bråkar och tjafsar allihop, och hösten kommer, och vi hittar en lunk. Yngsta dottern och du konkurrerar fortfarande om min uppmärksamhet, men jag blir allt bättre på att fördela den. Mellandottern skäller ut dig på förmiddagen och myser med dig framför en film på kvällen. Äldsta dottern suckar ibland över att allt handlar om dig, men oftast är hon bara glad att du finns. Jag blir ofta ofta galen över hur svårt du har i skolan och hur tjatigt det är att traggla kemiska grundämnen med dig när du ändå får underkänt på provet. Jag är trött på att behöva väcka en nästan vuxen kille varje morgon.

Men jag är så lycklig att jag får väcka dig. Och jag blir så glad varje gång jag ser dig. Och gladast av allt blir jag när du skrattar, mår bra en kort stund, mitt i all sorg och all oro.

Nu har du bott hos oss i åtta månader och snart skall vi upp i muntlig förhandling. Jag hoppas förstås, men tror inte längre. Jag försöker bereda mig och dig på avslag, försöker hitta olika planer för dig. Jag har inte längre några skrupler inför att begå lagbrott eller ägna mig åt civil olydnad, om sådant kan rädda dig.

Min stora skräck är att du skall hamna i förvaret och skickas till Afghanistan. En absurd situation. Du är ju mitt barn. Och jag älskar dig för alltid.

Matilda Brinck-Larsen

Han vars namn betyder blomma

Han åkte för ett par dagar sedan. Han vars namn betyder blomma. Han som just vågat börjat tro att han fick slå rot. Jag kunde inte övertala honom att fortsätta kampen här. Jag vet inte om jag träffar honom igen.

Han kom från Afghanistan 2015 och jag har lärt känna honom genom frivilligorganisationen Agape. När han kom till Sverige togs han emot väl, fick plats på kommunens boende, en god man, socialsekreterare, började skolan och fick vänner.

Så fyllde han arton och allt utom skola och vänner togs ifrån honom. Han dröjde sig kvar i Göteborg. Ville inte förlora sitt sammanhang. Han gick i skolan, kom till Agapes stationer, bodde hos kompisar, ibland på gatan. Till sist kunde vi erbjuda honom boende i en kyrka. En madrass, några lådor på ett golv, gemensamt kök och vardagsrum.

Under hösten har han delat vardag med andra, skött skolan, handlat, städat, lagat mat och gjort läxor. Han har fyllt lokalerna med musik och poesi, för sådan har hans överlevnadsstrategi varit. Han söker tröst i ord och toner, delar sin själ och sin smärta så. Bearbetar och överlever.

När Miljöpartiet och Socialdemokraterna presenterade överens-kommelsen om de ensamkommande satt han med de andra ungarna och läste sina papper. De räknade på fingrar, försökte förstå om de innefattades av förslaget eller inte. Han skulle innefattas. Men han brydde sig inte, han hade redan tid på förvaltningsrätten för att berätta sin historia. Överklagan hade gett resultat.

Dagarna före jul kom domen. Jag läste med honom. Förklarade. Det var svårt att ta in. Avslaget kvarstod. Fast att han berättat om allt. Efter en stund sade han att det var okej, lade papperen åt sidan och blev tyst. Hela julen förblev han tyst. Ingen poesi. Ingen sång. Han bara sov.

Häromdagen var jag på boendet. Bäddade rent, vädrade, stökade runt och pratade, som jag alltid gör, om att inte ge upp, att behålla hoppet, att ha ett mål med varenda dag. Men hans säng var redan bäddad. Kläderna vikta. Nedpackade. Han hade bestämt sig.

Jag reagerade som jag gör när något av mina egna barn är på väg att fatta ett tokigt beslut och jag står maktlös. Jag började städa frenetiskt, röjde och fixade, samtidigt som jag försökte övertala till fortsatt kamp. "Vi kan överklaga, göra nya planer, tänka om, ta reda på mer, vänta in och styra upp".

Jag pratade om faran med att återvända till ingenting, med att försöka ta sig in i ett nytt land utan rättigheter och relationer, om att värna det han byggt upp här och det språk han hunnit lära sig. Om att vänta in våren och beslutet om lagförslag, där han ju skulle kunna komma att innefattas och då få stanna.

"Matilda", sade han till sist: "Jag är en blomma. Jag måste få fortsätta blomma, kan inte bli tyst och stilla. Kan inte finnas utan att få finnas. Jag måste hitta min plats."
Han och flera av de andra ungdomarna har gett upp hoppet om Sverige. Landet som tog emot dem och investerade tid, kraft och pengar i att ge dem en start. Landet som släpper taget när de fyller (eller sägs fylla) arton.

Sedan åkte han. Jag vet inte vart. Han har pratat om olika länder, men ingen vet. Han är på flykt igen, men från Sverige den här gången. De sköra rötter han börjat utveckla, avskurna. Av oss. Vi som närde och gödde dem när han först kom. Förtroendekrisen är total, såväl hos ungdomarna som hos mig.

Hur ska jag förhålla mig till mitt land? Till en politik som saknar samordning mellan stat och kommun? Hur ska jag förhålla mig till mitt Europa, som har alla unionens möjligheter till samordning kring de här flyende barnen, men inte nyttjar dem? Hade vi agerat unisont hade vi kunnat förenkla tillvaron för de flyende. Det hade vi.

Men samordning saknas. Och konsekvenserna blir inte bara hans att bära, de kommer att påverka oss alla. Länge. Vem bär ansvaret för de här människornas historia och framtid? Vem bär ansvaret för vår? Varför förnekar vi de här unga människorna möjligheten att slå sig till ro? Varför Sverige?

Gull, blomma, min vän. Jag hoppas du har tak över huvudet, kläder på kroppen och mat i magen. Jag hoppas du hittar jord att slå rot i och en plats att fylla med dina ord och toner. Jag hoppas du hittar den snart och jag hoppas vi får ses igen. Förlåt oss.

Sverige – du sviker. Sluta nu, snälla?

5 januari 2018
Matilda Brinck-Larsen är grundare
och verksamhetsansvarig för
Frivilligorganisationen Agape Göteborg

Arian Rahmani
24 maj 2017

Lär mig stå när jag faller

Kom tillsammans flyger vi
Kom och ge andetag till mina livlösa sekunder
Kom och bli mitt hjärtas puls
Kom och få mig le och skratta
Kom och ta min hand och jag tar din
Kom, jag och du blir vi samt vi går
Ja vi går
vi går och står under himlen mid i natten
Ser du? Ser du den där glänsande stjärnan
Den lyser fastan är så lång bort
Kom och bli min glänsande stjärna
Kom, var inte rädd för mig!
Kom och bli min lärare
Lär mig stå när jag faller
Lär mig ta ens hand medan jag står
Lär mig vara snäll och fin
En har jag, bli min andra vinge
Kom, fåglar blir vi
Kom tillsammans flyger vi

Karin Fridell Anter
17 november 2018

Är jag stark nog?

- Är han stark nog att klara detta?
- Jag vet inte. Han har ju försökt ta sitt liv en gång tidigare.

Ali ska deporteras i övermorgon. De har flyttat honom från Åstorp till förvaret i Märsta. Hans svenska mormor är panikslagen, fryser och skakar. Och kan inget göra.

Jag känner inte Ali. Men hans mormor är min vän och medkämpe. Tillsammans ägnar vi många timmar i veckan åt detta enda, att förmå Sverige att inte utvisa skyddslösa ungdomar till Afghanistan.

Och nu är det hennes pojke som står på tur. Att fraktas bort som om han vore en påse farligt avfall. Att dumpas i ett främmande land. Att förlora alla de människor som har blivit hans familj. Ensam. Hur ska han orka leva?

Hans förtvivlan, hennes förtvivlan, går rakt in i mig. Mina pojkar är trygga just nu, de har fått en respit tack vare en skicklig advokat. Men det kunde lika gärna ha varit de.
Morteza, som också har försökt ta sitt liv, innan han fann ett sammanhang som gjorde att han orkade leva, Amir som planerar sina framtida universitetsstudier trots att han inte vet om han är kvar i Sverige om några månader.
Ahmad, som är den som haft tur i asyllotteriet, men som har farit så illa under sin långa väntan, att jag ändå är ständigt orolig för vad han ska ta sig till.

48 personer ska deporteras i övermorgon. Som människooffer för att blidka rasister och visa statens handlingskraft. Låt dem dö, på det att

vi må vinna röster. Låt deras mormödrar och vänner förgås av sorg, på det att ordningen må triumfera.

Jag orkar inte längre öppna den facebookgrupp där ungdomarna skriver. Alla dessa ansikten, sorgsna, glada, förhoppningsfulla, förtvivlade. Alla dessa berättelser. Var och en lika viktig, lika värdefull som mina älskade pojkar.

Men några av dem ska skickas till kriget, några av dem ska sprängas av bomber, några av dem ska tvingas sälja sina kroppar och duka under av droger under Kabuls broar. Jag vet inte vilka, men sörjer dem alla. Och jag förbannar den stat och de människor som låter detta ske.

Ali och alla de andra behöver oss som kämpar för dem. För deras skull får vi inte låta omänskligheten segra. Men allt oftare frågar jag mig själv:

Är jag stark nog att klara detta?

Lotta Öberg

Livet är förändrat för alltid

Ibland blir jag så arg för att jag hamnat i detta.
Tänkt om jag fått fortsätta leva i ovetskap om människor på flykt, fått tro att Sverige är ett reko och vänligt land, att få slippa känna denna smärta, för min egen grabb, andras grabbar, våra unga...
Men någonstans inom mig vet jag också att jag aldrig kunnat göra det på annat sätt.
Jag tog emot handen som sökte min och livet är förändrat för alltid, både på ont och gott.

Ulla Folgerö
oktober 2018

"de är ju bara hungriga"

Min kille kom 2016 till mig. Han bor fortfarande hos mig.
Jag får tårar i ögonen när jag tänker tillbaka på vår tid tillsammans, och när jag första gången kände hur viktig jag var för honom.

Han berättade att när det var varmt ute brukade han och hans pappa sova på taket och ligga och titta på stjärnorna.

"Pappa säger att det finns en stjärna till varje människa, gör det det, mormor?"
Som om jag visste allting.

Jag bor i ett äldre hus och på hösten och vintern har vi ibland besök av möss. Själv vill jag sätta upp fällor och se till att de dör.

Men M säger att det får jag inte "de är ju bara hungriga" och så fångar han dem i händerna och bär ut dem i skogen.

Hunger tror jag han vet en hel del om sen tidigare.

Josefina Söderholm

Vi bara skrattade och grät om vart annat i flera dagar

Vi träffades första gången utanför Migrationsverkets lokal en varm sommardag. En vän till dig hade tagit kontakt med mig för att du nu fått ditt tredje avslag.

Jag jobbade då som nu ideellt med att stödja ensamkommande barn och unga i asylprocessen, i kontakt med vård och omsorg, genom samtal och annat stöd.

Din ångest och panik den där dagen tog över hela min kropp. Aldrig förut hade jag känt så. Din skörhet var så påtaglig, din rädsla så stor. Vi tog oss igenom den där dagen ändå, tillsammans.

Men det var bara början. Vi höll kontakten. Aldrig har jag fått jobba så hårt för att skapa en relation med någon, men jag såg ju att det var det du behövde.

Du som var föräldralös, helt ensam i ett nytt land, som inte orkade träffa vänner och slutat med fotbollen för länge sedan.

Jag började ringa varje kväll, ibland korta samtal, ibland långa. Samtal om fotboll, melodifestivalen, kompisar, kärlek, musik och filmer. Ibland samtal om livet och att du måste orka fortsätta kämpa, ibland samtal där jag lugnande pratade på ena sidan och du hulkande gråtande i ångest inte fick fram några ord.

Du försökte ta ditt liv. Jag åkte med i ambulansen och satt dag och natt med dig på sjukhuset, strök din rygg. Du fick efter sjukhusvistelsen flytta till ett boende speciellt för barn och unga med psykisk ohälsa, och jag åkte och hälsade på dig, ringde varje kväll, övertalade dig att försöka släppa in personalen, att låta dem hjälpa dig.

När du fyllde nitton fick du inte längre bo kvar på boendet, lösningen blev en lägenhet ute i skogen, långt bort från både mig och ditt boende. Det gick inte! Vi åkte och hämtade alla dina saker och tog med dem hem till mig, tillfälligt var det tänkt.

Men du blev kvar, under många månader fanns en krok i hallen för din jacka. Under den tiden hann vi gå igenom mycket. Som när jag gav dig ett ultimatum: Det här går inte. Ska du bo här behöver du ta emot hjälp från sjukvården. Du skulle vara stark och vägrade, men när du skulle gå bröt du ihop på hallmattan, och senare den kvällen åkte vi till psykakuten. Eller som när du överraskade mig med middag den där gången när vi såg melodifestivalen och Eurovision Song Contest. Och flera nätter på psykakuten när ångesten blev för stor.
När brevet kom som jag knappt vågade öppna, vars innehåll gav besked om att du fått uppehållstillstånd, och vi bara skrattade och grät om vart annat i flera dagar. Och våra många diskussioner om världen, livet, kärlek och hur man egentligen skaffar sig en flickvän.

Sedan en tid bor du nu i egen lägenhet. Du har flyttat hemifrån säger vi. Vi pratar inte varje kväll längre, men nästan, och vi planerar redan för det nya årets melodifestival för då ska vi titta tillsammans det är sedan länge bestämt.

Trots att du nu har egna krokar i din lägenhet, finns i hallen här hemma alltid en ledig krok för din jacka.

Du är ju en del av mig min pojke. En del av mig, min familj och mitt liv.

NEJ! DE KAN INTE "ÅTERVÄNDA HEM"
Sverige är många ensamkommande ungdomars
hemland nu.
Många har varit på flykt i hela sina liv.
Nu är de hemma.
Låt oss ta hand om dem nu,
så tar de hand om oss sen.
Kan vi bara bestämma så?

EvaMärta Granqvist

Anonym

När jag blir gammal vill du hjälpa mig

Nu har du flyttat ut efter att ha bott med mig i huset två år.
Du får inte vara kvar i Sverige säger Migrationsverket, så du måste gömma dig och vänta.

Du flyttade in på din 18-årsdag, från HVB- hemmet där du bott i ett år. Vi tyckte att det kändes helt fel att du skulle skickas till Norrland där du inte kände någon och inte skulle få gå kvar i skolan.
En månad tidigare hade din äldre bror mördats i Herat i Afghanistan av er familjs fiende. Det var den brodern som ett år tidigare skickat iväg dig mot Sverige fast du hellre velat att han skulle åka. Men eftersom han var äldst – levande – kände han att han måste hjälpa familjen. Nu hade han ringt till dig i Sverige, låtit konstig, sagt till dig att "Du får bara inte åka tillbaka till Afghanistan, det är för farligt". Dagen efter var han död.
Det fick du veta från hans vänner i Afghanistan.

Du var skör när du flyttade in, fortfarande i chock. Din svenska hade inte utvecklats mycket under året på HVB, du var lika blyg som dagen då du klev in genom dörren där. Det var jag som tog emot dig där också, du gömde dig bakom en kompis som kunde engelska.

Det första året hos mig gömde du dig ofta i ditt rum när du inte var i skolan. Kom ut ibland och lagade stora afghanska måltider, umgicks med mina vuxna barn hemma på besök. Det gick trögt i skolan och inte hörde du ett knyst från Migrationsverket på två år. Varje dag kollade du brevlådan.

Du försökte hålla kontakten med familjen som nu också tvingats på flykt från sitt hem i en sandig dal mitt i Afghanistan. En dal utan skolor, telefon, tidningar eller polis.

Där har du vuxit upp, gått som fåraherde ensam i bergen, utan mat. Till frukost en kopp te och en brödbit om mamma hade lite mjöl hemma, sen ingenting förrän du kom tillbaka på kvällen, ris, potatis, lite grönsaker och en liten bit lamm eller kyckling. Där togs din far till fånga av fienden, hölls i slavarbete i en gruva innan han lyckades fly efter tre år. Under tiden skulle du försörja familjen. Du var 13 år. Dina bröder hade flyttat iväg till Iran för att få ihop litet pengar, men den äldste hade redan mördats där.

Din farbror som samarbetar med fienden passade på att ta er mark när pappa var borta. Han misshandlade dig så ordentligt att mamma tvingade dig att flytta iväg för att rädda ditt liv.

Du åkte till Kabul. De hittade dig där och misshandlade dig.

Du flydde vidare till Iran och jobbade hårt i ett gjuteri i Teheran. Ni bodde en massa grabbar i ett rum innanför det heta gjuteriet och du blev den som lagade mat åt gänget. En gång blev du deporterad hem till Afghanistan men flydde tillbaka till Iran. Det var därifrån din andre storebror, som då fortfarande levde, skickade iväg dig. Han hade jobbat hårt i cementindustrin och fått ihop litet pengar som han betalade till smugglare för att få ut dig.

Du ville inte åka, det var en tuff resa, samma som så många andra berättat om, långa vandringar i bergen, fullpackade bilar, folk som blev dödade, fullsatta båtar på Medelhavet, panik.

Till slut framme i Grekland och från den dagen har du bara träffat vänliga människor. I mitten av december var du framme i Malmö - Tre veckor för sent för nya gymnasielagen - på din 17 årsdag. Kom sen till Dalarna där du fortfarande bor. Att det blev till Sverige du kom var en slump – du träffade folk på vägen som sa att här var det tryggt.

Du tycker fortfarande att det är jättebra med våra lagar, att slippa korruption och mutor. Du vill bli polis och hjälpa människor. Fast just nu tittar du över axeln för att upptäcka om gränspolisen är i faggorna. Migrationsverket tror inte på din historia, precis som de inte tror på dina kamraters historia. Första gången på intervju berättade du om markstriden hemma och hur farbror lurat till sig jorden. Det lät inte så allvarligt, tyckte Verket, nu skulle det nog bli bra, och pappa hade kommit tillbaka!

Då tog din farbror din lillebror som gisslan, tvingade din pappa att skriva på att marken tillhörde honom, annars skulle han döda lillebror. Pappa skrev på men förstod inte att han borde ha fotograferat kontraktet eller filmat hotet! Det kanske kunde hjälpt dig att påverka handläggarna på Verket.

Lillebror flydde efter det till Iran.

Fienden hit och fienden dit. Vilka är de och varför jagar de er? Du har aldrig förstått det, bara känt i hela ditt liv att er familj är hotade och rädda, inte vågade röra er bland andra människor, men varför...?

När du fått ditt första avslag, för att Verket inte trodde på dig, ringde du din mamma och tvingade henne att berätta. Din pappa har i något krig dödat någon i denna fiendefamilj och bästa sättet att hämnas är att döda pappas söner.

Två är mördade och nu är det din tur.

I samma veva tvingades din familj från sin gård, fienden trängde sig in, förstörde allt och stängde in dem. Grannarna hjälpte dem iväg. Vi hörde inget på flera månader. De gömde sig i Pakistan. Efter ett halvår bestämde de sig för att köpa pass och ta sig till Iran, men det skulle kosta massor eftersom mamma och pappa är sjuka och gamla och måste flyga, klarar inte strapatserna i bergen.

Du jobbade så mycket du kunde och sparade varje krona. Efter mycket slit och lånade pengar kunde du hjälpa dem över gränsen och skaffa ett hem åt dem.

Äntligen kunde du pusta ut, du hade uppfyllt ditt ansvar som äldste son.

Men du berättade aldrig för dem att du själv hade en kamp här i Sverige för att få stanna.

I skolan gick det allt bättre och du tog plats i huset. Du blev en självklar del av min familj. Du byggde lego med barnbarnet och kunde inte sluta när han åkt hem.

Andra och tredje avslaget. Luften gick ur dig. Migrationsverket tror inte på dig och varför du inte berättade allt från början.

Vi tror på dig, och fattar att du inte kan åka tillbaka hem.

Efter tre år i Sverige, du fyller snart 20, kan du läsa och tala svenska och persiska och lär dig engelska. När du kom hade du aldrig gått i skolan. Du vill bli polis, busschaufför eller bilmekaniker, alla jobb där det behövs fler.

Du är uppskattad som extraknäckare på helgerna, du är en hejare på att fixa olika problem och göra snygga vedstaplar.

Du är fortfarande försiktig men har börjat berätta din historia för människor du känner dig trygg med, du skrattar ofta och har släppt mycket av din offerroll.

Nu är du gömd.

17 januari 2019

Nu fjärde avslaget!
Det är inte jag som ska skickas tillbaka, men jag känner hans skräck.
Vad ska jag säga. Orden är slut, de hoppfulla, som jag hittills till och med trott på själv.

27 februari

Jag är less på vinter, less på att vara rädd för snutar, rädd för kuvert från Migrationsverket, trött på att se H´s håglösa bläddrande i mobilen och väntande på att än en gång bli misstrodd av Sveriges domstols-väsende. Det är sportlov och han har mycket extraknäck, tack och lov, han försörjer sig själv just nu, men får allt svårare att hänga med i skolan. Vad tjänar det till? Att inte längre kunna åka buss, vanlig svensk lokalbuss för att det krävs legitimation för att resa. Samma med tågen! Varje dag jaga skjuts till skolan.

VUTen som inte togs emot och som vi nu överklagar handlar om att i oktober mördades H´s systerson inför ögonen på sin mamma. Han var 12 år. Veckan innan hade en grupp från familjefienden, som ingår i ett välkänt kriminellt nätverk, där H´s farbror ingår, besökt familjen för att få reda på var H finns i världen, även var resten av hans familj finns. Systern ville inte berätta. Nu kom de tillbaka och hotade, ville veta, men hon svarade inte varpå de hämtade sonen och sköt honom.

För att skriva VUT behövs ny information som inte var känd under asylprocessens gång. Detta tyckte vi var nytt. Men enligt Migrationsverket är detta bara en fortsättning på samma historia som han berättat tidigare.

Han bor på annan plats men kryper ofta ihop i min soffa, vi låser dörrarna och hoppar högt när det knackar på dörren.

H.N. Jag hittar dig inte så jag kan fråga om jag får, men jag ville så gärna ha med din text. Förlåt. M.S.

Allt jag skriver tillhör bara mig

Allt jag skriver tillhör till bara mig och ingen annan. Jag har uppehållstillstånd och är mycket tacksam för det. Jag letar inte att få politikers eller migrationsverkets uppmärksamhet. Om jag ska vara ärlig jag vågar inte synas framför massa folk.

Jag vill definitivt inte förstöra en nation. När jag säger att jag är den person som jag beskriver så betyder det inte att alla afghaner är så som jag är. Alla ni som hjälper invandrarna på något sätt antingen som godeman, familjehem eller på ett annat sätt ska inte tänka att alla som kommer från Afghanistan har samma bakgrund och har levt samma, för att vi alla är olika och behöver inte bära andras skam.

Jag gör inte det för att skaffa kompisar eller ni ska tycka om mig. Jag har lojala kompisar både svenskar och afghaner. När vi träffas de kramar mig värmt och de bjuder mig på spel och så. Men jag känner mig att jag är inte den jag visar dem. Hjärtat säger att sluta låtsas, istället var dig själv. Men hjärtat vet inte att jag själv dog för många år sen. Hjärtat vet inte att SJÄLV inte existerar längre.

Aminah Al Fakir

Jag lägger en blomma

Dikt som lästes utanför Liljevalchs konsthall inför
blomsterdelegationen söndag 24 februari 2019
17000 liv # 17000 blommor

För H som fick permanent uppehållstillstånd dagen innan sin 18-årsdag
efter 3 års plågsam väntan, som fortfarande inte kan sova, som oroar
sig för sin framtid, för sin systers familj.

För O som fick tillfälligt uppehållstillstånd efter 3 års plågsam väntan,
som inte kan sova, som oroar sig för sin framtid, för sin familj, för U
och J som kämpar med allt för att O ska få stanna.

För M som fått avslag, som kom en dag för sent för nya gymnasie-
lagen, som oroar sig för sin framtid. För MF som kämpar för att M ska
få stanna, ringer Advokaten, ringer Migrationsverket, ringer Skolan,
ger inte upp. För Advokaten som kämpar.

För M - S som tog sitt liv och alla de andra som tog sina liv, innan
avslag, efter avslag, efter besked om uppehållstillstånd. Den stora
sorgen. Den stora pressen. Svår att bära.

För J som utvisades efter 4 år i Sverige, som kämpade sig tillbaka, som
fått arbetstillstånd. För M som kämpade med honom, högar av
svårbegripliga papper, som inte gav upp, för tårarna, för tiden.

För S som till slut skrev på för att återvända "frivilligt" pressen blev för
stor och rädslan för förvar, nu ständig rädsla för talibaner och
attentat, den svenska familjen i ständig saknad, småsyskon gråter.

För M-G som satt i månader i förvar i väntan på deportation, som blev räddad, utsläppt, tack vare FN. Tack vare FN.

För A som efter 3 år i Sverige åkte till Frankrike, sover under broar bredvid narkomaner och kiss, väntar på uppehållstillstånd, värmer sig i Svenska kyrkan ibland och pratar svenska.

För R som får gå på gymnasiet men som inte har någonstans att bo, som sover på parkbänkar, på härbärgen, som samtidigt pluggar till nationella prov i matte, som fryser, som oroar sig för sin framtid, som måste klara studierna, som måste hitta ett jobb, för att få stanna.

För E-M som startade denna blomstermanifestation, som hela sin vakna tid kämpar mot utvisningarna som startat en rörelse med M.

För S och K och H och H som startade ett upprop och flera, en rörelse, som hela sin vakna tid kämpar för att dessa unga ska få stanna.

För M som hela sin vakna tid kämpar för att dessa unga inte ska bo på gatan, som startade en rörelse, som ordnar en säng, ett hem.

För A-S som hela sin vakna tid kämpar för att dessa unga inte ska bo på gatan, som ordnar frivilliga hem.

För L som hela sin vakna tid kämpar för att dessa unga ska få stanna, som ordnar boende hos frivilliga familjer, som alltid svarar på frågor, som hjälper med busskort så att de unga kan sova på bussen när det är kallt, som erbjuder en soffa någon natt, en dusch, varm mat.

För M-L som fått två nya söner, som varje dag skriver till olika myndigheter och ifrågasätter omänskliga handlingar, som inte ger sig.

För mig som kämpar på mitt sätt, som sjunger en sång, som skriver en dikt, som ibland måste lämna för att inte gå sönder -

Dessa unga och dessa eldsjälar som går sönder framför mig, mitt lands medmänsklighet i spillror, vår ekonomi som behöver flera unga händer och ändå dessa meningslösa utvisningar till ett land i krig. Drömmer jag eller är detta verkligen verkligheten?

Detta är verkligen verkligheten.

Jag lägger en blomma för sorgen över verkligheten också.

Tuula Dibba
25 augusti 2017

SÅ MÅNGA DE ÄR

Så många de är, alla med varsin historia.
Och jag får ta del av så mycket.
- Tuula, när vi korsade gränsen mellan Iran och Turkiet sköt de på oss med vapen, vi trodde att vi skulle dö. Mina kompisar sa att vi kommer att dö. Jag var jätterädd.
- Tuula, en dag kommer du att se min bild på Facebook, det kommer att vara jag som sitter i förvar i väntan på utvisning. Det är sånt jag tänker på, jag är rädd.
- Tuula, vet du att det är inte lätt att sakna någon. Jag har nu varit utan min familj i två år, och jag vet inte var de är. Men jag måste fortsätta tro på att jag kommer att träffa de igen. Annars vet jag inte.
- Tuula, varför ska jag fortsätta i skolan, vem bryr sig. De vill utvisa mig till döden, vad ska jag använda svenskan till. Talibanerna förstår inte det.
- Tuula, vet du att jag inte kan sova på nätterna. Jag drömmer mardrömmar och när jag vaknar så vet jag inte var jag är. Det var inte så innan jag kom till Sverige.
- Tuula, det är inte mitt fel hur jag ser ut. Det är inte mitt fel att jag är hazara. Varför finns det ingen plats för oss i världen?
- Tuula, det är svårt att leva som papperslös, att inte våga gå ut i staden där jag bor i.
- Tuula, om jag får ett avslag så orkar jag inte mer. Det får vara slut. Jag har väntat i två år. Jag klarar inte av att vänta mer.
- Tuula, vi åkte en gummibåt från Turkiet, och det var jätte mycket människor, många fler än vad som fick plats. Alla var rädda, det kom in vatten i båten, kvinnorna och barnen grät och skrek. Jag trodde att jag skulle dö. Någon ramlade i vattnet, ingen hjälpte honom, ingen kunde hjälpa. Hans familj får aldrig veta vad som hände honom.
- Tuula, innan jag flydde hände det mycket saker, ingen kommer någonsin att tycka om mig på grund av det.

- Tuula, mitt liv har varit dåligt, det har aldrig varit bra. Varför får jag aldrig ha det bra.

Vad säger man. Jag lyssnar. Nej, det är inte ditt fel, du var liten, kunde inte bestämma. Nej, det är inget fel på dig. Nej, ge inte upp, fortsätt kämpa. Nej, sluta inte gå i skolan, den är viktig. Nej...

Ibland har jag inga ord, bara tysta tårar och ett hjärta som gör ont.

Men det gör ingenting, det som är det viktigaste är förtroendet, att du berättar, du känner att du har någon som lyssnar, att du har någon att prata med. Det viktigaste är du.

Tack.

Margareta Söderberg
Skrivet i oktober 2018

Din jacka hänger kvar i hallen

Jag vill berätta.
Min son försvann för 30 år sedan, nittonårig. Min älskade dog för 5 år sedan. Men vänner, dotter, barnbarn och barnbarnsbarn har fyllt mitt hjärta igen.
Så plötsligt en septemberdag 2017 kom Du.
Stod bara där i mitt kök och gav mig leende en kram.
Du kom att stanna nästan 9 månader, skyddad i mitt hus i skogen..
Du kom med din oro, dina mardrömmar, din avvaktade osäkerhet, men också med din värme och lyhördhet, din unga energi och vetgirighet. Visade dig i din musik, din dans och din kärleksfullhet.
Småningom kunde du vila i lugnet och min trygghet, kanske för första gången i livet.

Vi delade allt, hjälptes åt med allt.
Och undan för undan tog vi plats i varandras hjärtan.
Den vintern fyllde du 19 och jag 81. Du gjorde mig alldeles ung.
Jag bejakade alla dina kreativa infall och idéer.
Vi letade bland mina tyger, jag visade dig symaskinen och du sydde dig ett par utmärkta byxor. I mina lådor hittade vi material till vackra armband du gjorde till våra vänner. Jag lärde dig ätliga svampar och du sprang ut i skogen och kom hem med korgen full gång på gång.
Du efterlyste dikter om LIVET – vi letade i mina bokhyllor – du tillbringade timmar med att läsa, skriva och översätta svenska dikter som du rappade till musik.
En dag såg du bekymrat på min obefintliga frisyr och frågade om du fick klippa mitt hår. Du klippte det fint, omsorgsfullt och med känsla.
Vi gjorde läxorna du fick av Veronika från skolan. Jag lärde dig skriva fina bokstäver. Jag skrev ner dina raptexter vartefter du födde dem.

Du skapade ett "gym" på logen, du tränade hårt och visade stolt dina muskler – visst hade de växt sen du kom?

Det blev kallt. Vi satte i innanfönster, du lärde dig snabbt sätta klisterremsorna perfekt. Du bar in ved. Massor med ved.

Småflickorna, på besök, älskade dig, ni lekte i snön, du byggde snöhus och ni for på pulkan nerför backarna. Och alla besökande vänner fick njuta av din afghanska mat som du lagade och serverade med stor omsorg och koncentration. Och du fick oss alla att dansa på köksgolvet till din häftiga turkiska musik. Själv dansade du som en liten pan och dina mandelögon lyste.

Det blev också många långa timmar framför datorn och tv denna enorma snövinter.

När snön äntligen släppte sitt tag om marken och Våren kom, började du bygga. Du byggde en balkong i två våningar mellan björkar i skogsbrynet bakom huset. Du jobbade 12 timmar om dygnet. Vi målade den röd och blå. Den blev som ett smycke.

Sen byggde du en stor, fantastisk terrass uppe bland tallarna i min skog. Högt upp i luften byggde du med din lilla starka, smidiga kropp, helt efter eget huvud. Jag hade grova plankor liggande sen länge. Du bar och byggde, bar och byggde hela dagarna under två veckor. Stabilt, vackert, poetiskt, med räcke och trappa. Nästan obegripligt hur du lyckades göra detta ensam. Jag såg hur du växte. Alla som kom på besök var djupt imponerade.

Och du byggde ett litet växthus åt mig för tomaterna.

Men en dag sa du att du skulle resa. Till Afghanistan, Turkiet. Du orkade inte vänta längre, inte gömma dig längre. "Hur länge ska jag vänta? 2 år?

5 år? 10 år? 20 år? "

Jag hade inga svar, men vi bestormade dig med argument för att stanna, att vänta lite till.

Men du måste leta efter din mamma, leva nära din syster.
"Jag måste leva mitt liv"

"Jag kan inte leva i Sverige, Margareta"
"I hela världen jag hittar inte en mormor som du"
"Du är den vackraste personen i den här världen"
"Jag är ledsen Margareta, jag måste åka"

Du reste. Det har gått 4 månader. Glesa meddelanden: Kabul. Kunduz. Kabul igen. Via Pakistan och Iran på väg till Turkiet och din syster. Du är på flykt igen. Och mitt hjärta är alldeles trasigt för du tog med dig en så stor bit. En stor bit av mitt hjärta irrar med dig längs farliga vägar långt borta där jag inte hittar dig.
Din jacka hänger kvar i hallen, alldeles vid dörren ut.

Jag är tacksam att jag fått möta dig Farhad. Att våra liv råkade vävas samman några månader. Det bär jag med mig resten av min tid här på jorden. Att allt kan stämma mellan människor trots att inget stämmer – ålder, generationer, kultur, etnicitet, uppfostran, utbildning. Inte en siffra rätt, ändå helt rätt! Mänskokärlek är det.

Men det är Smärtsamt och Oförlåtligt att mitt land inte kunde ge dig det enda du frågade efter – Existensberättigande.

Tillägg februari 2019

Farhad kom aldrig till sin syster i Turkiet, där han växt upp som papperslös. Det gick inte att forcera gränsen. Iranska polisen skickade tillbaks honom till Afghanistan. Där har han lyckats köpa ett litet hus, med pengar från mina vänner, han jobbar i en elektronikaffär, och han har hittat sin mamma som han inte haft någon som helst kontakt med på 12 år. Hon tvingades lämna honom i Iran när han var 8 år.
I ett land där han aldrig tidigare varit, har han hittat henne bland 38 miljoner människor! Men han kan inte besöka henne – hennes man förbjuder honom att träffa sin mor.

7 september 2019

Talibanerna har attackerat Kunduz, staden där Farhad bor. Kriget tränger sig på.
Han har skaffat pass och bereder sig på att än en gång försöka ta sig till Turkiet. Denna gång legalt. Vi hjälper honom från Sverige med pengar och vänner i Turkiet med själva resandet.

Tillägg: *Och just när denna bok ska tryckas får jag meddelandet: Mormor jag hittade min mamma. Och nästa dag: Nu mamma är med mig jag är så glad.*

Foto privat

FARHADS RAP

Hej
Tyst
Lyssna
Det är Livet
det är för er
bara en musik
bränn upp min kropp
ingen kan se min aska
alla mina tankar
är mardrömmar
poesin –
vad som finns kvar
av kärlek
det är ett ansikte
jag känner inte igen
i spegeln
för döda bara gråter
änglarna du vet
du kan inte skriva historien
från början
Du bygger ett liv i drömmen
en natt du gråter
en natt du skrattar
eller varje natt du gråter
Du kan inte skriva historien
från början

Du ber mig skriva ner texten vartefter du föder den.

" ingen kan se min aska" – hur menar du då, undrar jag.
Du ger mig en förvånad blick. "Ingen känner mig. Ingen vet vem jag är"

137

Maggie Andersson

"Minns alltid den finaste stjärnan, den som syns när det är som mörkast"

16 mars 2019
- vet du vad de gör med mig när de tar mig?

Du har gömt dig i ett rum och jag hör hur illa det är. Det finns ingen att lita på, ingen att våga be om hjälp, och du förstår nu att det är värre än det helvete du varit beredd på.

"Jag har precis hört att de vet att jag är här. De hemifrån vet. Talibanerna. De håller på att samla sig nu och jag är på allvar livrädd. Det har aldrig varit så här förut och jag känner mig konstig. Precis det jag visste skulle hända"

Du viskar. Timme efter timme. Du berättar vad du väntar på, vad du kommer utsättas för. Jag ber dig fly, nu genast, att ge dig av ut i mörkret. Men jag vet att det inte går, för mörkret i Afghanistan är lika farligt som det du fasar för imorgon.

- Tänk dig att du inte har någonstans att ta vägen, ingen att anförtro dig åt och på ett ställe du förstår att du genast måste ge dig av ifrån.

- Tänk dig att du berättade om detta för Sveriges myndigheter som sa att det är ingen fara, vi tror inte på dig.

- Tänk dig att bli nonchalerad när du berättar om och visar dokumenterade dödshot.

Vi i detta land bör veta att svenska myndigheter ljuger och nonchalerar, och de som fattar livsviktiga beslut läser ibland inte ens det som de ska yttra sig om. De slipper ju ta eget ansvar för det de gör, för de kan gömma sig bakom myndighetsfasaden – medan den de utvisar inte kan gömma sig någonstans.

"Vet du vad de gör med mig när de tar mig?"
Ja, jag vet, svarar jag. Du säger att du önskar att de hellre skjuter dig direkt, men att de gillar att plåga först. Det är det som skrämmer dig, inte döden.
Jag delar din smärta, älskade A.
Det sitter just nu en ung människa med dödsångest i ett litet rum i en stad i Afghanistan. Han har en ytterst allvarlig personlig hotbild mot sig, men han blev inte trodd trots bevis.
Jag hoppas att ni som fattade de besluten kommer drabbas av all världens ondska. Det är min önskan och när jag uttrycker den, svarar han att så får jag inte känna, för han önskar inte att någon ska utsättas för det som han själv utsatts för.
Jag önskar det inte bokstavligen, men jag håller på att tappa mina vanliga spärrar, så ont gör detta mig.
Han är fortfarande i asylprocessen (otroligt) och vi väntar ju fortfarande på sista avslaget på första VUT:en och jag tillåter mig själv att ha en strimma av hopp men jag ljuger kanske för mig själv, en överlevnadsstrategi. Problemet är ju att de redan har skickat honom och att han just nu med rätta fruktar för sitt liv.
Jag ber till gud att du överlever det här.

19 mars 2019
Tänk inte på just nu känn inte plågas inte

Du kom in i mitt liv en mörk natt, med ett förtvivlat rop på hjälp. Du ville dö, du hängde dig. Inte bara en gång utan två. Du vaknade upp och undrade om det var änglar runt dig eller om du var kvar på denna jord.
Som tur var så fanns du kvar, det är jag evigt tacksam för. Du flyttade direkt in i mitt Hjärta, finaste A.

Vi har gjort en lång resa tillsammans, längre än flera livstider känns det som. Vi har delat väldigt annorlunda saker med mycket av allt - glädje, lycka och kärlek, men också sorg, fruktansvärda orättvisor & smärta.

Saker ingen borde behöva uppleva och saker alla borde få möjlighet att göra.

Jag känner dig bättre än någon annan, precis som du gör med mig. Varenda känsla och tanke delar vi. Det kommer vi för alltid att göra, även om du inte är kvar.

Att du inte är kvar här, betyder inte att du är borta. Du är med mig varje sekund, hela tiden.

Jag vet vad som händer precis nu och det finns absolut ingen tröst. Det du går igenom gör mig stel av skräck och smärta. Kunde jag byta plats med dig så hade jag gjort det, även om du aldrig skulle tillåtet det.

Du bad mig vara stark, men hur ska jag kunna vara det?

Jag vågar inte tänka på vad du utsätts för, ändå är det nästan det enda jag tänker på. Att de gör dig illa och att jag inte längre kan skydda dig.

Tänk på det vi pratat om, på det vi alltid har med oss. Vet att du är värdefull och för alltid älskad!

Tänk inte på just nu, känn inte, plågas inte.

Minns alltid den Finaste Stjärnan, den som syns när det är som mörkast.

Där du är nu finns bara mörker, så titta efter den ofta - den är vår och där ses vi alltid, alltid, alltid.

Förlåt att jag inte kunde skydda dig bättre.

12 februari

Jag satt på bussen och då kom de. De är alltid nära nu för tiden och plötsligt gick det inte att hålla igen längre. Musik i öronen och tårar som forsade. Jag bestämde mig för att promenera istället. Jag tänker bättre då. I mörkret.

Idag känns det extra mörkt och om jag känner så, hur känner du det då? Inlåst. Jag vet vad du väntar på och det är omänskligt. Du väntar på döden och jag vet att du hellre dör idag än i Afghanistan imorgon, om en vecka eller om en månad. Man får nämligen aldrig veta hur länge plågan ska vara.

Jag brukar finnas där när dödsångesten blir för stark. Många timmar varje dag. Idag går det inte och det gör mig ont att veta att du lider.
Jag har pratat med så många människor idag. Vänliga, hjälpsamma och mänskliga advokater faktiskt. Till och med gränspolisen har varit trevlig. Idag.
Jag har också pratat med "vanliga" anställda tjänstemän vid myndigheter – den sorten som är alldeles för vanliga och som bara gör sitt jobb. Mitt förakt är stort och tilliten kommer aldrig, aldrig tillbaka.

I kväll ringer inte min telefon som vanligt. Det är plågsamt tyst. Jag vet att du är med mig ändå och du vet att även om du känner dig övergiven och ensammast i världen just nu, så är du aldrig det. Människor undrar hur man kan bry sig så mycket om andra och jag vill bara säga att ni som inte gör det, ni missar något viktigt. Omtanke är det bästa jag gett och fått, men också det mest plågsamma jag upplevt.

9 mars

Känner mig trasig. Många utkämpar egna strider med myndigheter av olika slag; mot F-kassan och kring LSS är väl känt - båda lika jävliga. Bland de jävligaste räknas också Migrationsverket och det är där jag har mina strider.

Kan de sätta krokben för någon, då gör de det. Har du 99 skäl, ifrågasätts det 100:e. Det är inga saker, ärendenummer det handlar om. Det är Människor.

Jag har läst så sjuka slutsatser och avslag och även dessa är uppenbarligen skrivna av riktiga människor som arbetar på en svensk myndighet. Vad driver dem?

Alla vi som har förmånen att få leva ett vanligt vardagsliv, vi kan ju konstatera att livet ständigt förändras. Detta gäller inte om man kämpar mot Migrationsverket, nej nej. Om jag för 4 år sedan råkade nämna att jag var rädd för att "tvångsrekryteras av talibaner", ja då är liksom själva ordet "taliban" bannlyst i resten av processen. Får jag efter några år nya dödshot från "talibaner", då räknas inte de hoten som nya för jag har ju nämnt just ordet "taliban" tidigare.
Om sammanhanget var helt annat, nej för migrationsverket spelar detta absolut ingen roll.

Just hemkommen efter att återigen ha besökt min fina, älskade vän som sitter på häktet i en norrländsk stad i väntan på veckans utvisning. Där är han isolerad 20 timmar om dygnet, där kan han kommunicera med mig och med sin advokat, ingen annan. Han kan inte kontakta någon eller förbereda sig inför återkomsten till landet han flydde från. Han är inte bara fråntagen information och värdighet, han är även fråntagen allt inkl egna strumpor och kläder, inte ens en choklad fick man lämna och kaffe under besöket, nej se det kunde inte ordnas.

Under eftermiddagen får han veta att han dagen efter flyttas till ännu en ny plats och ingen människa "vet" så klart vart. Vet; det är klart att de vet, men man vill inte att någon annan ska få veta. Man ska alltså inte ens en gång få ta farväl. Man ska dessutom ha råd och man ska vara beredd att åka landet runt för besök. Jag har gjort det hittills och tänker göra det denna kanske sista gång också - om jag bara visste vart.

Jag skäms och förbannar och dör inombords ännu lite till.

Ger upp? Aldrig!

3 februari 2019
Något jag nu håller på att mista

"En del människor vi möter bosätter sig i våra hjärtan" Det var precis det som du gjorde den där natten för så länge sedan. Två för varandra okända människor, olika bakgrunder, olika åldrar & med helt olika förutsättningar i livet. En förtvivlad natt i telefonen blev början på något livsviktigt - något jag nu håller på att mista.

Låten har följt med sen den natten och jag lovade mig själv att göra allt jag kunde för att ge dig värdighet, vänlighet & en trygg plats i världen.
Finaste A. Jag vet inte vad som kommer hända, men jag säger aldrig farväl till dig. Kanske kan jag inte se dig, inte ge dig en kram eller dricka kaffe med dig, kanske kan jag inte ringa dig eller få veta hur du mår. Kom då alltid ihåg att jag kommer att finnas där med dig, precis som du finns med mig. I hjärtat, A.

I tankarna, minnena och i hoppet om att framtiden finns någonstans.
Kärlek till dig

Kalix
6 januari

Sätter mig på bussen/tåget för att ta mig hem till Malmö igen; en enkel resa på 152 mil eller 19 timmar. Varje mil är värd det och under de timmarna hinner jag reflektera över mycket. Jag tänker ofta på hur ödet ger och tar och jag är smärtsamt medveten om att det snart tar dig långt bort från livet här. Du har gjort mig till en av de rikaste människorna på jorden och jag är så tacksam över att du finns.

18 januari
Lägg örat nära själen och lyssna riktigt noga

Jag vill berätta att man klarar sig fastän man faller tusen meter i sorg.
Att man tror att man ska dö, men man överlever.
Jag hade behövt höra det tusen gånger.
Allt går, på något konstigt sätt så går det till slut.
Även om man dör ganska mycket på vägen.

21 oktober 2018
Jag vill inte att du gråter då

"Jag vet att de skickar mig snart. Jag vet att jag kommer att dö då. Ingen kommer att kunna berätta det för dig men du känner nog när. Jag vill inte att du gråter då, jag vill bara att du minns hur mycket du betyder för mig och jag vill att du berättar min historia. Jag har skrivit ner allt i din bok. Har jag tur skjuter de mig, då går det fort. Det är värre om de stenar mig, jag har sett hur de gör. Jag vill bara hinna se dig en gång till, sen är jag nog redo. Sen är det över. Livet. Jag har lärt mig så mycket av dig. Du har lärt mig mer än någon annan gjort och jag

glömmer dig aldrig. Du är den som funnits där för mig, den som trott, lyssnat och aldrig dömt. Jag är så tacksam för dig. Det känns som du varit med mig hela mitt liv och du vet allt om mig. Varje sekund är du med mig, i varje tanke hör jag dina ord.
Glöm mig aldrig "
(Finaste A, 19 år)

12 juli 2018

Till dig A.
I all längtan finns en framtid, trots allt. När framtiden, drömmarna och hoppet känns förbi, när du är trasig och livet känns orättvist - glöm aldrig bort vem du är. Det viktigaste finns kvar och det viktigaste är du.
I det regn som just nu faller, står vi alltid tätt tillsammans.
I den vind som blåser kallt, håller jag dig stadigt kvar. Vi andas samma andetag, en dag i taget men varje dag. Jag låter dig aldrig, aldrig ge upp igen.
I all längtan finns en framtid och där finns ditt liv igen.
Kom alltid ihåg och var inte rädd. Vi kommer aldrig, aldrig någonsin att lämna dig ensam.
Nu när det är som allra mörkast, titta efter den finaste stjärnan. Du är den och vi möts alltid där, du och jag, var du än är.
Kärlek, mod och aldrig farväl

Trots att sorgen alltid finns där, så skojar vi ibland. Vi drömmer, planerar och skrattar. Ibland pratar vi om all mark som du äger, den som det odlas opium på och den som talibanerna kommer att döda dig för att få. Vi drömmer om att kriget en dag tar slut och då har vi bestämt att vi ska gräva upp alla rikedomar som finns där i marken. Smaragder, rubiner, ädelstenar och säkert massor av guld.

När den dagen kommer, ska vi göra små stjärnor av rikedomarna och ge bort till dem som behöver dem. Som ljus, värme och vänlighet - precis sån som du är. Medan vi väntar på den dagen, låtsas vi att stjärnorna i himmelen är gnistrande små diamanter. Alla stjärnorna utom den finaste; den är speciell.

Idag berättade du att talibanerna nu tagit över ert område helt. Vill de prata med någon lämnar de ett brev och man ska infinna sig inom en vecka. Talibanrättegångar. Talibanfängelser.

Delar av din egen familj. Verkligheten är på riktigt mycket sjukare än den sämsta filmen.

Tiden här börjar ta slut och jag vet aldrig om just idag blir den sista dagen. Det är så svenska myndigheter arbetar i detta tysta, fula spel med människoliv som insats – det som för så många av oss är en verklighet.

Varje samtal är därför heligt, varje hejdå kanske ett farväl för alltid. När allt är över vet jag var jag hittar dig; då möts vi i den allra Finaste Stjärnan på himmelen, för den är för alltid vår.

*

18 april 2019
Adam

Och det kan inte gå värre -

Jag fattar ingenting när allting gå till helvetet. Hur mycket än jag kämpa för att det bli rätt men ändå blir det fel.

Att kan inte planera om sitt liv. Att kan inte veta vad som är på gång.

Att förlorar allt i livet som är viktig. Att alltid får höra komntar hur dålig jag är. Bara för att jag födes på fel plats. Det jag så gå genom verkligheten tyvärr.

21 april
Adam

Jag är alltid olycklig.
Vet varför? För att jag
förväntar mig ingenting
från livet.
Förväntningar alltid
gör ont. Så älska ditt liv
och den som du vill
dela livet med. Försöka
vara glad och le. Leva
för din egen skull och
den som du dela livet
med. Lyssna innan du
prata, tänka innan du
skrivar, ge innan du
tar, förlåta innan du
ber, känner efter
du, innan du sårar,
förlåta innan du hatar,
börja innan du
slutar, leva innan du
dör.

Maggie

Styrkan kommer inte av det enkla eller av att man alltid vinner.
Det är tråkigt nog alla prövningar, besvikelser och utmaningar som gör
dig stark.
Inte just när det händer, och kanske inte just nu, men en dag.
En dag, när du minst anar det, så händer det, och då är du starkare än
någonsin.

Att trots alla motgångar kunna glädjas åt det lilla och ge så mycket kärlek, värme och vänlighet som du alltid gör, gör dig till en stor människa, bästa A.
Ha alltid kvar ditt hopp, din tro och dina drömmar, och kom ihåg hur värdefull du är.

*

Skenavrättning

Min vän utvisades med planet i tisdags och han förvarades på häktet för man trodde han skulle avvika. Polismyndigheten klippte i hans tydliga försäkran om samarbete, den som vi bevittnade sex personer och där gränspolis var tydligt känslomässigt berörd av vänligheten hos min vän, där han självmant upplyste o lämnade över sitt pass. Att en polismyndighet uppenbart tillåts ljuga i domstolsförhandling är svårt att ta till sig, men ack så sant.

Under utvisningsdagen satt jag utanför häktet för undantag görs ej; besök ska man ansöka om sju dagar innan. Att han placerades där dygnet före, ej var häktad eller misstänkt utan skulle utvisas, var inget skäl att avvika från besöksrutinen.
Jag satt utanför och pratade i telefon med honom i fem timmar. Under dessa timmar sa personal flera gånger till honom att – "du ska inte åka idag o du kan prata fram till kl. 20." Vi visste att han skulle åka men då vi inte fått svar på sista överklagan, så såddes ett litet hopp.
Han gick iväg på en kort "promenad" i rastgården och ringde aldrig tillbaka. Under tiden han var på "promenad" packades hans väska och sen kördes han direkt till flyget.

Planet är nu över Polen.
Och trots att sista beslutet inte kommit så sitter min A ombord.

Jag har hur mycket lögner som helst att berätta om. Min vän är nu i Kabul och jag sitter med honom i telefon många timmar per dygn.

Från djupt chockad till bekymrad, funderar vi båda på hur Sverige egentligen fungerar.

Vi väntar fortfarande på sista överklagan och jag lovar att jag ska påminna dem. Den handlade om rättssäkerhet, myndighetsfel och ja, den ska de inte våga trolla bort. För fram ska den. Sanningen.

KABUL INTERNATIONAL AIRPORT

här landade mitt flyg och jag hade ingen aning va jag ska ta vägen. Jag kände ingen och jag hade aldrig varit där och jag var rädd och hotad.

Jag flyg till Herat Afghanistan helt ensam och jag hade ingen rätt att vara där men jag chansade och jag trodde att det går. Men det var fel.

Efter 8 år kommer jag här igen. Och allting hade forenderats jag kände inte till staden eller människorna alla var sura och arga och demonstrerade.

Här blev jag fångad av de, och var fast i 5 dagar och dem utsatte mig för allt.

Och den dagen vill jag inte komma ihåg. Men jag glömmer inte.

Adam

Maggie

Vid återkomsten till Afghanistan råkade A fruktansvärt illa ut, och jag vet ännu inte hur jag ska hantera det. Tänker för fullt.

Har nyligen kommit hem efter 10 dagar utomlands, dit A nu tagit sig.

Vi får se vilken framtid jag kan hjälpa honom att få, men det är hjärtskärande hur illa människor behandlas.

11 maj 2019

Finaste A

Det känns som om vi har känt varandra hela livet. När vi möttes första gången var det under sorgliga, skrämmande och hemska förhållanden. Du flyttade direkt in i mitt hjärta och där bor du för alltid kvar.

Vi brukar kalla oss för själsfränder och vår resa är både fantastisk och förfärlig på samma gång. Du har tvingats gå igenom saker som är totalt overkliga, först i Sverige och senare även i Afghanistan. När Sverige skickade ut dig hamnade du i ett helvete. Du lever idag och det är jag evigt tacksam för, men du förlorade väldigt mycket – utan att någon som bestämmer här i Sverige egentligen vet om vad du råkade ut för.

Även om du förlorat mycket, så har du kvar det viktigaste. Du har kvar det som är du och du är omtanke, vänlighet, värme, mod och ett väldigt vackert hjärta.

Vår annorlunda resa har skapat en närhet, en ömhet och en vilja som jag är mycket rädd om. Vi är som från två olika livstider och med helt olika bakgrunder, men ändå är vi otroligt lika.

Du är på flykt igen och det enda du önskar är en plats att leva på. Inte mycket mer än så och chansen att få skapa dig ett liv här på jorden. Det borde vara en rättighet för alla, men så är det inte.

Jag önskar att jag hade en egen guldgruva att gräva ur, att jag hade lite makt att få ta kloka beslut och möjligheten att ge dig den plats, den trygghet och det liv du längtar efter.

När du inte är här, så får jag åka till dig. Även när skratt blandas med tårar och lugn med rädsla, så känns det helt **underbart** och precis så som det ska vara, att få vara i din närhet igen och att dela dina lyckliga stunder. Vi hade fantastiska dagar och nu tar vi tag i nästa uppgift; att skapa dig ett tryggt, värdigt och kärleksfullt liv.

Alltid med massor av Kärlek till dig

Saknar den vackraste gåvan av kärlek
Vad ska jag nu göra med den här vackra gåvan?
Åh, M. om du viste hur mycket jag saknar juste nu.

Adam

Exakt som blommor växer
vi människor också kan växa
men vi måste orka och ha tålamod.
De här blommorna fanns inte på vintern,
de var helt borta.
Men de hade sina roten under marken och
nu helt plötsligt växer de igen.
Vi är också samma som dem oavsett var vi än är
vi kommer också att växa.
Men om vi vill.
Glöm inte att vi är inte svagare än en blomma,
och vi kommer också växa en dag.

Så fin liknelse du gör att man måste orka och
ha tålamod för att kunna blomma, även om det känns som
om man vissnar ibland.
Precis som blommorna behöver vatten och näring
för att kunna växa, så växer vi när någon tror på oss.
Ge aldrig upp och sluta inte tro på dig själv.

Maggie

TÄNK DIG

Adam:
Tack Darin jag vill tacka dig från hjärtat **DARIN,** när jag har sett den(videon)
har jag gråtit mycket eftersom jag har kommit ihåg min situation.
Det är jättesvårt att man lämna allting på grund av jävla kriget.
När jag har börjat lära mig svenska har jag börjat lyssna på dina låtar, de
är fantastiska och det är min största önskan också:

Önskar att du och jag var samma
att vi kunde se varandra för dem vi är
önskar att vi inte hade länder
kunde hindra det som händer omkring oss

Önskar att vi alla hade chansen att få leva i frid ens tid
sett så många själar lida, leva på en dröm om ett värdigt liv

Tänk dig världen fri från mörkret vi skapar
om vi kunde vakna och se vad vi gör
Tänk dig världen fri från alla gränser och från alla bränder
Allt vi slagits för

Önskar vi kunde följa våra drömmar
och riva alla murar vi har kvar
Tiden torkar inga tårar om vi alltid målar samma sak

Önskar att vi kunde sluta döma, känna oss som hemma
var vi än är
tänka som vi vet vi borde tänka, våga va oss själva
hur vi än är

DARIN

153

Adam
6 maj ·

"Håll hårt i mina händer när änglarna faller"

(jag har försiktigt försökt förkorta detta skimrande kärlekspoem – skrivet på bräcklig - men flygande, nyfödd svenska! red.)

Har varit så länge längs den vägen
Försöker hitta ett nytt sätt hemifrån
Men jag kan inte fortsätta
Det var första gången när jag blev sönder
men det hittade en ny gryningstid
Jag kommer ta mig tillbaka
Jag vill inte stanna i botten under resten av mitt liv
Och ingen kommer att känna vägen tillbaka bättre än jag
Jag lever genom stormiga vatten
Jag försöker hitta dig i hela sagan som jag läste
Om jag kunde bryta väggarna mellan min verklighet och min dröm
Varje dag skulle jag vakna upp för att se dig och du le åt mig
Kärleken började med ett hej och jag önskar att kärleken hade varit
inte så svårt.

Jag vet att jag älskar varje tum av din själ
Alltid se vår framtid i dina ögon, åh jag saknar dig
Håll hårt i mina händer, när änglarna faller, säg ingenting bara hålla
mig i handen och krama mig hårt.
Alla blir höga ibland, du vet vad mer kan vi göra när vi känner oss låga?
Så vi tar ett djupt andetag
Om vi känner att vi sjunker, jag hoppar direkt i kallt vatten för dig
Och jag hoppas du vet, jag släpper inte dig
För att vi alla blir vilse ibland, vet du? Det är hur vi lär oss och hur vi
växer

Och jag vill finnas hos dig tills jag är gammal
jag vill alltid vara nära och känna dig här, älskade du
Jag vill se soluppgången. Bara du och jag. Ljus upp, på språng
Låt mig älska dig alltid.
Du kommer aldrig vara ensam.
Jag kommer vara med dig från skymning till gryning,
Jag håller dig när saker går fel
Vi rullar ner forsarna, Att hitta en våg som passar, vi kan känna var
vinden är
Du är ljuset på natten, du är färgen på mitt blod, du är botemedlet, du
är smärtan
Du är det enda jag vill känna, Aldrig visste att det kan betyda så
mycket.
Du är rädsla, jag bryr mig inte, för att jag aldrig varit så hög
Så älska mig som du gör
Rör vid mig som du gör, ta kontakt med mig som du gör
jag kommer göra tillbaka
Varje tum av dig är en helig gral som jag måste hitta
Bara du kan sätta mitt hjärta i brand,
Ja, jag låter dig sätta takten
För att jag inte tänker rakt
Mitt huvud snurrar runt, jag ser inte längre klart

Jag kan inte tänka tillbaka, jag skriker ut på natten
jag va ett spöke som överlever ljuset
Jag kunde inte andas när jag va ute av sikte
Jag va riven jag va sönder
Jag va frusen i sommarvärmen
nu du vill bygga upp mig
När väggarna kom ner, alltid det är du som hör ljudet
 av ett slående hjärta, ligga på marken.
Det finns ett hål i mig.
Jag försökte berätta för dig men jag känner att allting kommer ut när
jag prata me dig
Jag vet att jag kan vara svår ibland, Vill bara inte släppa dig ner

Vill ge dig mitt hjärta
Du fortsätter och berätta för mig att allting kommer att bli bra
Du säger att du vill aldrig lämna mig och jag tror på dina ord
Jag kommer ihåg hur jag brukade titta i dina ögon
när du sitter bredvid mig
då kändes så att du alltid för mig
Vart du än går följer jag
Jag kommer att tända din himmel på kvällarna lysa upp hela världen
Bara för dig. När du är låg, låt mig bara hålla dig
Även om tiden kommer att flyga bort, vi kommer bli varmare än en
flamma
Utan dig är jag frusen.

Menar att du alltid vill det bästa för att du lyssnar på mig.
du vill se mig växa.
Vad är meningen med att ha dig runt omkring mig,
Vad är meningen med att du står vid min sida . jag hoppas att du ha
fått tillbaka?
Det är lojalitet, det är inte dumhet. du ger mitt liv drömmar inte drama
mål inte skvallrar,
du kommer att stå upp för mig när jag inte ens står mig själv
Jag sluta aldrig lojal mot dig oavsett var jag än är.
Jag kommer att älskar dig mest, och jag lita på dig mest.
Vi vet att falska människor alltid kommer och försöka skilja oss åt men
vi tar bort dessa människor ut ur våras liv.

Du ger mig frihet, du ger mig anledning, du tar mig högre, du tar fältet
nu, du definierar oss. Får oss att känna oss stolta, bakom oss är det
historia och vi får vår hämnd. Allt omkring oss, alla nationer, runt
omkring oss, under den samma solen, låt oss glädjas i det vackra
spelet och tillsammans i slutet av dagen.
Alla säger att när jag blir äldre, jag blir starkare, då får jag frihet, precis
som en vinkande flagga och då går den tillbaka. så vinka min flagga nu
vinka min flagga

Adam
21 juni 2019

Främling

En främling som döljer från dig sina mörka ögon.
Det var en ung kille, men alltid han känner att han är 100 år gammal i själen. Friheten såg han aldrig i hela sitt liv. Han var tyst och ledsen oftast under sin livstid. Ingen hälsade på honom, för att han såg ut kanske lite annorlunda. Men ändå han växte upp och lever på samma jord som ni lever.
Han får samma värme från den solen som du får. Han tittar på samma himmel, stjärnor och måne som du gör.
Ni som skapade gränser mellan länder. Han känner att han är inte härifrån eller därifrån. Ibland han undrar var är han ifrån egentligen.
Han bryr sig om allt men ibland orkar han inte. Ingen vet vem han egentligen är, nästan inte ens han själv. Han är en främling bland er, tänk det är han som står där, tänk det är han som är där, tänk det är han som sitter där, tänk det är han som ligger där och han känner att alla vill gå förbi honom och ingen vill se honom och alla bara fortsätter gå.
Han är den mobbade diskriminerade och den nedslagne. Han är den utvisade hungrige och den utslagne. Han är den tigande, gråtande och den vädjande. Han är den utsatte, främlingen och den främmande och alla bara går förbi honom.
Främlingen utan namn, som vandrade, som flög över jorden.
Han var och är som han är och du var och du är som du är, så även med hen där.
Ja han vill som du bara leva, som du överleva och livet uppleva.
Han vill inte dö, döda eller dödas, oavsett hur svårt det än är med hans liv.
Vem är dem främlingen?
En främling som döljer från dig sina mörka ögon,
DET JAG

Maggie Andersson
12 juli 2019

Ännu ett farväl

"Någonstans i världen" - igen - i ett land som än så länge välkomnat &
faktiskt lyssnat på dig.
Jag ger dig en sista lång kram. En Hjärtekram.
Känner hur tårarna bränner innanför ögonlocken.
Det är dags igen. Ännu ett farväl.
Hur många gånger det är nu har jag glömt.
Det är många och det gör lika ont varje gång.
Jag ser efter dig när min buss sakta rullar iväg. Du står ensam kvar och
du tittar länge efter bussen. Ett par kurvor längre fram och plötsligt
ser jag dig inte längre.

Varför behöver det vara så här? Jag förstår det faktiskt inte. Så otroligt
onödigt, så mycket smärta och så mycket bortkastad tid.
Ett liv, en stund på jorden.
Varför får några leva fritt och andra inte? Varför jag men inte du?
Svaret är tydligt; jag hade turen att födas i "rätt" land. Ett land som
inte längre är rätt utan väldigt "fel" på det och just nu skriver historia i
dumhet, skandalös rättsosäkerhet & vansinne.
Jag skäms.

Jag lämnar dig igen för att åka hem.
Kvar står du ensam.
I ett nytt land, i en ny stad och med hoppet om att få börja om igen,
att få möjligheten att äntligen få skapa dig ett liv.
Kanske där eller i värsta fall på ännu någon ny, okänd plats någon helt
annanstans i världen.
Du väntar, som du har gjort i hela ditt liv.
Det enda du vill är att få en plats att leva på, i trygghet och med
värdighet, rättvisa och lugn och ro.
Jag önskar att du får den möjligheten, men helst här hemma hos oss,
för jag saknar dig. Tack för att du finns!

Mohammadamid Faqirzada
18 maj

Gräns

Gränser är inte för mig o dig o han o hon,
Gränsen är för de som har skapat gränsen,
Gränsen är för de som har ritat gränser på kartor,
Gränsen är för de som försöker rita gräns,
Mellan mig och dig,
Låt de, låt de att rita hur mycket gräns som de kan,
Låt de, låt de bygga upp hur hög mur som de kan,
Låt de fixa hur många ras och språk som de kan,
Vi pratar med varandra på ett språk,
Det är Kärleks språk,
Min och din ras är kärlek och mänsklighet,
Ras, land, gräns, språk, det är för de själva,
Vi liknar varandra inuti låt de fixa vad de vill utifrån,
Jag är för dig och du är för mig, ingen får separera oss,
Ingen får komma mellan mig o dig,
Ingen får och ingen kan göra det,

Mohammadamid Fagirzada
2 maj 2019

Förlåt

Förlåt om jag är konstig
Förlåt om jag inte förstår hur man behandlar varandra

Förlåt om jag gjorde dig ledsen,
Förlåt om jag sagt något som jag inte borde säga,
Förlåt om jag gjorde något som jag inte borde göra
Förlåt

Jag minns inte något annat än springa
Jag minns inte något annat än vägen och flykten

Jag har sprungit mer och fortare än de som har flera olympiska
guldmedaljer,
men skillnaden mellan min och deras tävling är att de sprang för
guldmedalj
och jag sprang för mitt liv

Förlåt om jag är konstig
Förlåt om jag inte förstår hur man behandlar varandra
Förlåt om jag gjorde något som jag inte borde göra

Förlåt

Hans Lindberg

Om det hade varit din son

Om din son också hade tvingats leva gömd. Om du hörde honom säga att han vill resa till dig på besök, men du visste att det var omöjligt. Om du varje dag bar på oron. Om du såg din son leva i väntan, utanför.

Om du såg sorgen i hans ögon. Om du såg all hans potential. Om du måste förbjuda din son att åka tunnelbana eller tåg eller vistas på järnvägsstationer, och säga att han bara får ta bussen.

Om du hade tvingats råda honom att inte delta i stadsfester där det kryllar av poliser. Om du inombords önskade att han undvek att vara i närheten av mänskor som såg ut som "invandrare", alltså personer med fel utseende.

Om du måste påminna andra personer att inte lägga ut bilder av honom öppet på sociala medier, eftersom det är farligt för honom. Om du visste vilka svek han utsatts för, och hur rasism spelat in.

Om du visste att han nekats sjukvård när han var sjuk och plågades av smärtor. Om du visste att han om kallaste vintern sovit ute. Om du - redan tidigare - hade god inblick i den okunskap och cynism som råder hos Migrationsverket. Om du samtidigt såg likgiltigheten hos andra när du för dem nämnt situationen för sådana som han.

Om du fick ändra inställningarna på Facebook så att han inte skulle kunna se din frustration och förtvivlan när du förgäves försökt göra politiker, journalister, läkare och andra (några av dem dina egna bekanta vilka kan påverka det svenska samhället) uppmärksamma på situationen för honom och andra. Han ska inte se din sorg, inte förlora sitt hopp.

Om du visste vad han upplevt under flykten, som barn, och du ibland kände det som om ditt hjärta skulle brista.

Om du hade suttit och sett honom i ögonen och fick ta upp skäl till att ändå vilja leva.

Om du hade vetskap om alla farorna. Om du sparade pengar för en eventuell nödsituation.

Om du förberedde dig för det värsta – att han en dag ska sändas till ett land som han aldrig har varit i (och inte ens är född i), vars språk han inte talar och där han saknar nätverk. Ett land i inbördeskrig och där människor mördas, sprängs av bomber.

Om han hade varit din son, vad hade du känt?

Hans Lindberg
14 juli 2018

Han ville inte bli barnsoldat

Det är som om han mals mellan tunga kvarnstenar. Det tänkte jag, med fuktiga ögon, när bussen avlägsnade sig.

Jag fick en son. Han tillhör vår familj. Han har ett större hjärta och mer empati än många som jag känner väl. Han är eftertänksam, nyfiken, kreativ.

När han var fjorton år gammal sände hans egen mor honom ifrån sig för att rädda honom. Under sin färd drabbades han av saker som ingen förälder vill att deras barn ska råka ut för.

Han är statslös, utan hemland. Född i Iran, av föräldrar som flytt krigets Afghanistan, har han inte räknats som iransk medborgare och har levt utan rättigheter. Han ville inte bli barnsoldat.

Sverige vill nu utvisa den unge grabben till inbördeskrigets och terrorns Afghanistan, där han saknar medborgarskap och allt slags nätverk. Afghanistans ambassad vägrar att acceptera honom som statsmedborgare, men går ändå med på att utfärda de resedokument som svenska Migrationsverket vill ha.

Men i Afghanistan räknas han inte som afghansk medborgare – och som tillhörig en liten minoritet, accepteras han inte av större folkgrupper som pashtuner, hazarer, uzbeker och tadjiker. Till och med här i Sverige har personer ur dessa grupper sagt att han inte är en "äkta" afghan. I Afghanistan riskerar han att dödas av talibanerna för att han är kristen, Han kan endast tala persiska – och nu god svenska.

Han åldersuppskrevs av Migrationsverket i strid med utlåtanden. Han sveks under processen av advokaten som inte infann sig i egen person, hade en grovt rasistisk godeman (som tycks ha tagit hans pengar), kastades ut från skola och boende, sov utomhus om vintern, nekades sjukvård trots svåra smärtor.

164

Nu lever han som papperslös, efter tre avslag.

Men han hjälper utsatta, visar omtanke om alla. Hans dröm är att få utbilda sig och göra nytta för andra. Det är sådana människor som han som Sverige behöver.

Men Sverige – regeringen, politiker och Migrationsverket – vill ta honom ifrån oss och skicka honom med tusenvis andra till Afghanistan, som alltmer kommer i talibanernas våld. Där han inte är född, aldrig har varit och inte känner någon.

Och hans öde är bara ett av många.

Det är den verkligheten vi talar om.

Emilie Hillert
1 augusti 2019·

Konstverk av Jaume Plensa, fotografen okänd

De mänskliga rättigheterna

Här har ni dem!
Alla bokstäver i FNs deklaration om mänskliga rättigheter.
Alla ord i FNs deklaration om mänskliga rättigheter.
Den bokstavliga ordalydelsen i FNs deklaration om mänskliga rättigheter.
De hänger o dinglar rakt upp och ned från taket. Vrider och vänder på sig själva. Snurrar runt ett varv.

Kastar skuggor på väggar och golv. Klingar högt när de snuddar varandra.
Men de består. Bokstäverna gjorda av järn är här för att stanna.
Omgivningen må förändras men orden kvarstår oförändrade.

Det har nu gått drygt 70 år sedan FN författade deklarationen om mänskliga rättigheter. 70 år senare blåser främligfientlighetens vindar allt starkare i Europa.
Ord som "vi" och "dom" används i allt högre utsträckning. Att stänga ute och exkludera tycks återigen ha blivit modernt.
De hjärtan som för några år sedan skulle öppnas, är nu förseglade med lås och bom.
De murar som aldrig skulle byggas, är nu beställda.
De resvägar som nyligen var tillgängliga, är nu eliminerade.

Vi frågar oss inte hur vi kan rädda människorna som riskerar sina liv på Medelhavet.
Vi frågar vad vi kan göra för att slippa se deras kroppar flyta i land på "vår sida".
Vi frågar oss inte hur vi kan skapa säkra resvägar för människorna på flykt.
Vi frågar vilket land vi ska betala för att slippa se deras lidande när de tar sig in på "vår sida".
Vi frågar oss inte vad vi kan göra för att hjälpa människorna i nöd.
Vi frågar hur vi ska gå till väga för att slippa ha dem "hos oss".

FNs deklaration är mycket tydlig och enkel att förstå. Alla artiklar inleds med orden "Everyone has the right to". Alla och envar har rätt till dessa rättigheter.

A L L A.

De kom till genom ett samarbete mellan ett stort antal av världens länder. De allra flesta länder i hela världen är överens om att detta är vad som gäller.

Detta är människornas miniminivå på mänskliga rättigheter.

Orden i utställningen tar upp fysiskt utrymme. De gör sig påminda genom klingandet som oskyldigt uppstår när de snuddar varandra. Om jag bara kunde skulle jag hänga upp dem i varje hem, på varje offentlig plats, och i alla privata byggnader.

En påminnelse om vad vi faktiskt har åtagit oss att leva upp till. En påminnelse om vad som faktiskt gäller. En påminnelse om tid för eftertanke, och en uppmaning till att ta kampen.

Kampen för alla människors lika värde.
Alla människors rätt till trygghet.
Alla människors rätt till ett liv i fred.
Alla människors rätt till ett värdigt liv.
A L L A människors rättigheter på miniminivå.

Om jag bara kunde.

Anna Larbring

Migrationsverkets hantering av barn:
Berättelsen om Mahdi

För snart sex år sedan förvandlades Mahdis liv plötsligt till en mardröm. Han var 12 år gammal när en grupp beväpnade talibaner kom till hans familjs hus i den lilla byn där han bodde och hotade att kidnappa någon av sönerna om pappan inte betalade tillbaka en drogskuld. Efter flera hot skickades Mahdi tillsammans med sina två yngre bröder akut iväg till en större stad för att gömma sig. Tanken var att föräldrarna skulle komma efter när skörden var klar, men efter bara en vecka kom en vän till pappan och berättade att talibanerna hade dödat deras pappa och tagit deras mamma med sig. Samma natt hörde Mahdi hur hans farmor planerade att de skulle skicka Mahdi och hans yngsta bror till Iran.

Dagen efter tvingades Mahdi och hans 10-årige bror iväg till Iran. Eter en flykt med långa vandringar tog en man emot dem och visade dem ett rum där de bodde ensamma. Varje dag från tidig morgon till sen kväll arbetade de och en gång i veckan kom en man med mat till dem och tog de pengar de hade tjänat. Farmodern ringde någon gång i månaden så att Mahdi fick prata med henne via hans telefon. Varje gång svarade hon till Mahdis besvikelse att föräldrarna inte fanns mer. Pappan var begravd och mamman var borta.

När bröderna hade varit 1,5 år i Iran kom mannen med deras biljetter; utan att de hade förstått hade de arbetat för att betala smugglarna som skulle ta dem vidare till Europa. Någon vecka efter att de hade lämnat Iran förlorade Mahdi sin lillebror. Smugglarna förde honom med våld till en annan lastbil. Den fortsatta flykten genom Europa kom för Madhi att handla om att hitta sin lillebror igen.

Flykten till Sverige var länge mycket svår att prata om, men efterhand kom det fram att han hade tvingats att springa det snabbaste han kunde medan han blev beskjuten, han hade sett andra falla för kulor och han hade likt många andra suttit fängslad i flera dagar utan mat. Han undrade hela tiden vad hans bror var med om.

Mahdi hade minnesförluster och bar på trauman när han som 14-åring kom till Sverige i maj 2015. Han flyttade in på ett HVB-hem, började i skolan och kom med i det lokala fotbollslaget. Han bad de vuxna som fanns runt honom om hjälp med att försöka hitta sin förlorade familj. Han hade svårt att sova, koncentrera sig, han grät mycket och skar sig med vassa föremål vid flera tillfällen.

Pappans död:"andrahandsuppgifter"

Det dröjde ett halvår innan Mahdi fick komma på asylutredning. Han hade problem med att förstå frågorna och svårt att ge beskrivande svar. I protokollet går det att läsa att de fick pausa intervjun eftersom han nästan svimmade. Mahdi själv var fokuserad på hur viktigt det var för honom att hitta sin lillebror.

Tre månader efter det första och enda intervjutillfället fick Mahdi som 14-åring sitt första avslag. Migrationsverket ansåg att hans beskrivning av hembyn var detaljerad. Den ifrågasattes inte och inte heller hans ålder. Men hans berättelse om hur han hade tagit sig till Sverige var för vag och detaljfattig. De ansåg också att pappans död var "andrahandsuppgifter" då han ej hade varit vittne till det själv.

På så vis tolkade Migrationsverket att hans familj troligtvis fanns kvar i Afghanistan och därför kunde ta hand om honom.

Hans 3:e avslag vann laga kraft strax efter hans 15-årsdag, men han hade inget "ordnat mottagande" att utvisas till. Samma dag som beslutet kom flyttade han hem till vår familj vilket blev Mahdis svenska familjehem.

En långsam tortyr

I september 2016 kallades Mahdi till sitt första återvändandesamtal hos Migrationsverket. Det kom att bli början på en 2,5 år lång återvändandeprocess. En långsam tortyr där han om och om igen utsattes för Migrationsverkets brister som han aldrig skulle komma att få någon ursäkt eller rättelse för.

Han tvingades till ambassaden i Stockholm som 15-åring för att förbereda återresehandlingar trots att inget visade på att han skulle kunna skickas innan 18-årsdagen. Han tvingades till regelbundna återvändandesamtal där han pressades till att "komma på" att han har familj att återvända till samt påminnelse om att han kommer att utvisas när han fyller 18 år, om inte innan. Han fick en ny handläggare vid tredje återvändandesamtalet som lovade att eftersöka familjen skyndsamt. Handläggaren lovade även att Mahdi skulle få beslut kring det inom några månader. Denna handläggare bad också om ursäkt för att Mahdi hade tvingats till ambassaden och förklarade att tidigare handläggare hade trott att Mahdi var åldersuppskriven till 18 år, trots att god man flera gånger påtalat att så inte var fallet.

Fyra månader senare hade ingenting hänt. Mahdi fick vid detta besök ännu en gång en ny handläggare som sa att han återigen måste åka till ambassaden. Handläggaren menade att Mahdi inte hade samarbetat bra nog för att hitta sin familj, men kunde inte säga vad mer Mahdi kunde göra för att det skulle räknas som att ha samarbetat bra nog. Handläggaren meddelade också att de inte hade eftersökt Mahdis familj och att de inte heller skulle göra det framledes, - Röda Korset nekar att göra eftersök då det är för riskfyllt och för dåliga chanser att hitta någon i Afghanistan.

Vi fick hjälp av en advokat att skriva ansökan om verkställighetshinder, som visade på att det gått 1,5 år utan att något ordnat mottagande hade hittats och att ett barn då har rätt att få uppehållstillstånd. Migrationsverket gav avslag på ansökan, men vid överklagan beviljade Migrationsdomstolen ny prövning av Mahdis ärende. Deras motivering var att Mahdi hade visat att han samarbetat kring att möjliggöra ett återvändande och att bevisbördan var orimligt hög. Ärendet lämnades åter till Migrationsverket för ny utredning och Mahdi fick åter ett juridiskt ombud.

Utredning och väntan tog sex månader och vid utredningen hävdade handläggaren på Migrationsverket att Mahdi bara har varit på ett och inte fem återvändandesamtal, som Mahdi i sin ansökan hade påstått.

Till slut kunde Migrationsverket hitta journalanteckningar från åtminstone två av tillfällena, de övriga blev vi tvungna att kämpa för att bevisa att de hade existerat genom kvitton, journalanteckningar hos socialtjänsten, epost och så vidare. Detta godkändes sedan av Migrationsverket.

Trots att handläggaren hade sagt att Mahdi inte behövde komplettera med fler uppgifter innan beslut, ville handläggaren tre månader senare ha en mer detaljerad beskrivning av Mahdis hemort i Afghanistan. Ett mycket märkligt förfarande menar jag eftersom just den delen i Mahdis berättelse var tillförlitlig enligt myndighetens tidigare beslut.

Till slut fann vi till och med husen i den lilla byn på Google maps och vi skickade in en mycket tydlig beskrivning.

Facebookprofil skäl för avslag

Handläggaren ville nu ha tillgång till Mahdis Facebookprofil. Detta konto hade under hela tiden varit öppet och helt offentligt. På kontot hade han ett annat efternamn än sitt egentliga namn. Det fanns en enkel förklaring till det så vi lämnade över allt som det var och handläggaren frågade ingenting om namnet.

Mahdis namn på Facebook blev skäl för avslag. Migrationsverket ansåg att Mahdis Facebook-profil gjorde det troligt att han inte hade eftersökt sin familj nog eller att han hade gjort det i falskt namn.

Mahdis advokat överklagade beslutet och Migrationsdomstolen beviljade muntlig förhandling i februari 2019. Vi trodde att det var dags för Mahdi att få sin upprättelse. Äntligen skulle det komma ett positivt beslut.

Domstolen gav avslag. Det innebär att Mahdi efter fyra år i Sverige måste lämna oss om tre månader för att utvisas till ett Afghanistan i krig där han inte känner någon alls.

*

Foto Gunnar Fägerlind

” återreseförbud”

Idag har vår Mahdi varit på Migrationsverket för ”samtal om kommande 18-årsdag”.

Vi hade tidigare frågat nya handläggaren om när M måste lämna Sverige. Gäller 5 månaders tidsfrist (för att lämna landet frivilligt och undvika återreseförbud) som normalt ges till barn, eller fyra veckor som ges till vuxna? Hon visste inte (!) och inget står i hans beslut, hon lovade att kolla upp det till idag:

Hans ärende är rörigt och mycket har gjorts fel, men hon kan inte påverka det nu. Tidigare handläggare har dokumenterat för lite kring vad som ska gälla.

När M's utvisningsbeslut vann laga kraft sommaren 2016 - då han nyss fyllt 15 år - började en tidsfrist på fem månader räknas ner. Efter den tiden kan tidsfristen förlängas med fem månader i taget t ex om utvisning inte kan ske. Det måste då skrivas ner i beslut/journaler. Det finns efter tre års återvändandeprocess *ingenting* skrivet om förlängd tidsfrist eller ej.

Enligt nuvarande handläggare måste de då tyvärr se det som att han redan har ett återresandeförbud sedan 2,5 år tillbaka, vilket de heller aldrig har meddelat någon om.

Ett återreseförbud ges till dem som inte frivilligt lämnar landet inom tidsfrist.

M fick som minderårig inte ens ut resehandlingar från ambassaden för att kunna göra det, trots att han skrev under papper om frivilligt återvändande (dåvarande God Man lurade honom till att skriva på ett papper på engelska på väg till ambassaden). Vi får i Sverige inte skicka minderåriga utan att det finns ett utrett ordnat mottagande. M har inte ett ordnat mottagande, M har därför aldrig ens blivit ombedd att lämna landet frivilligt. Men han har nu ett återreseförbud för att han inte har lämnat landet frivilligt.

(M's plan är att lämna frivilligt just för att undvika återreseförbud så att han snabbare kan komma tillbaka hit med arbetstillstånd - han har redan erbjudande om anställning här)

Vi fick även veta att eftersom M redan bör anses ha återreseförbud så räknas han från 18-årsdagen om tre veckor som papperslös och har då varken rätt till något boende, ekonomiskt bistånd eller LMA-kort (id-kort). Ändå fick han just idag hämta ut ett nytt LMA-kort eftersom det förra gått ut.

*

13 maj 2019

Nu är artikeln om Mahdi ute i lokaltidningen STO. Det är så lite tid kvar till hans födelsedag nu att jag börjar känna av "flyktbeteenden", jag nästan låtsas som att det inte händer. 20 dagar kvar, och egentligen vill jag bara planera för firandet av hans 18-årsdag som vanliga människor gör. Jag är så innerligt tacksam för mitt liv och över hur bra jag har det, men den här situationen är fullkomligt överjävligt. Rädda mig någon.

28 maj
"han är så rädd så trött så sviken"

Idag är sorgen och ilskan inom mig så stark att den äter upp mig inifrån. Aldrig förut har jag upplevt ett sånt här helvete. Jag gråter, ångesten kokar inom mig och det känns som att mitt huvud ska explodera.

Och jag ser på M att han har det ännu värre, där går all energi till att ens hålla ihop sig. Han försöker bara lita på oss, att vi löser det här. Men han är så rädd, så trött och så sviken.

Jag som "aldrig ger upp" mår oerhört dåligt av att tvingas ge upp något som känns så fel att släppa. Jag vill överklaga till Europadomstolen. Jag vill se vad de säger om vår stats agerande i relation till dess åtaganden, till gällande konventioner. Jag klarar att göra en sådan överklagan, men vi har tiden emot oss. Även om domstol snabbt ger svar om inhibition eller ej, så måste Mahdi lämna Sverige ännu snabbare. För det jävla helvetesverket hotar ju med att ge återreseförbud till Sverige på ett år vid minsta lilla tecken på att han inte frivilligt lämnar oss så snart som möjligt.

Eller ska jag släppa allt och hjälpa honom med att komma sig härifrån NU så fort det bara går, för att bättre hinna söka sig tillbaka innan handläggarna på MV går på semester och allt tar längre tid?

"Hur många procent mamma", frågade Alfred i kväll. "Hur stor chans är det att han kommer tillbaka till oss?"

Handläggaren: Så du är villig att nu återvända frivilligt till Afghanistan?
Mahdi, svarar osäkert: ehhh... jaaa

Jag: Han väljer att återvända frivilligt OM han inte har någon laglig chans att få stanna här och om ni annars kommer ge återreseförbud. *Handläggaren:* ja, ditt utvisningsbeslut har vunnit laga kraft så du måste nu lämna landet. Så då är du nu villig att återvända frivilligt, har jag rätt? *Mahdi:* Ja.

Så går det till, även hos en trevlig handläggare på dagens återvändarsamtal på Migrationsverket. Inte någon gång säger hon "jag förstår att det är en konstig fråga", för de ställer den ju till alla. De återvändande är bara ärendenummer.
Och alla måste svara ja på frågan för att inte få återreseförbud.

Därför har även han idag förnedrande nog på ett litet kontor i Kållered sagt att han frivilligt vill lämna Sverige. För att Sverige sedan ska kunna lägga honom på listan till statistiken över alla som återvänder frivilligt. Som sedan flyktingmotståndare använder som argument för att det uppenbarligen inte är så farligt där när så många VILL åka tillbaka.
Men sanningen är att han efter mer än fyra år som minderårig INTE FÅR stanna i Sverige hos den enda familjen han har sedan tre år tillbaka.

9 juni
"Frivilligheten"

Idag är Mahdi på väg till Stockholm för att i morgon köa utanför ambassaden innan den öppnar. Han köar för att få tillfälliga resehandlingar för att få åka till Afghanistan. För att få dessa handlingar har MiV skickat med honom ett brev han ska lämna, med sin underskrift på.

Här kommer en liten förklaring av vad som måste till för att Afghanska ambassaden ska utfärda sådana handlingar.

FRIVILLIGHET! Och att man verkligen innerligt ber om dem och vördnadsfullt intygar frivilligheten.

Afghanistan vill inte ta emot deporterade, så MiV och Gränspolisen tvingar dem till att skriva på sådana här papper för att visa på att många vill återvända frivilligt och att det därför måste få fortgå. FN fördömer Sveriges handlande, medan vi bygger fler förvar där vi kan låsa in de unga i 12 månader till en kostnad på drygt 5000kr/dygn och person. Det finns mängder av berättelser om hur vakter behandlar de intagna i förvaren, psykar dem, förnedrar dem, trycker i dem mediciner de inte vill ha och garanterat har MÅNGA lurats till att skriva på dessa papper för att kunna skickas trots att de inte bör.

Häromdagen skrev jag om återvändarsamtalet på MiV där Mahdi flera gånger behövde säga att han VILL återvända till Afghanistan (för att enda alternativet är att bli papperslös, inlåst, deporterad och med återreseförbud på minst ett år). Han har arbete här, måste åka till Afghanistan och söka det därifrån, för att sedan få komma hit lagligt. Han vill INTE få ett återreseförbud, så han "VILL" därför åka utan tvång. "Frivilligt."

Migrationsverket

Swedish Migration Agency
Unit for Return Coordination
Telefon: 010-48 55 365
E-mail: atervandandesamordning-
ambassadsamordningen@migrationsv
erket.se

2019-06-04

Ref. No.
50329711

Embassy of Islamic Republic of
Afghanistan
Consular Section
Källängstorget 10
181 44 Lidingö

Dear Sir,

Regarding temporary travel document for:

Mr Mahdi Ismapalo, date of birth 31.05.2001, citizen of Afghanistan

I have applied for a residence permit in Sweden, but now I have a decision to leave
Sweden – a decision I have accepted – and therefore I am obliged by Swedish Law
to leave Sweden.

I, Mahdi Ismapalo, hereby would like to ensure that my return is voluntary and I
kindly ask the Embassy of Islamic Republic of Afghanistan to issue a temporary
travel document for me that will enable me to return to Afghanistan.

I also grant the Swedish Migration Agency the right to contact the Embassy
concerning my case and to collect my temporary travel document at the Embassy.

The Embassy's kind assistance is highly appreciated.

With best regards,

Mahdi Ismapalo

1 (1)

178

Emilie Hillert
Migrationsrättsadvokat

Utdrag ur artiklar

Grattis på födelsedagen säger svenska staten och köper en flygbiljett till ett av världens farligaste länder.

Madhi är bara ett av många barn som drabbats av det system som Migrationsverket utvecklat de senaste åren och som får konsekvensen att barn som har rätt till uppehållstillstånd berövas detta och istället försätts i omänsklig limbo i väntan på 18-årsdagen.

Madhi var 14 år när han kom till Sverige 2015. Migrationsverket godtog hans ålder men beslutade ändå att utvisa honom, i ett beslut från februari 2016.

För att kunna utvisa ett ensamkommande flyktingbarn krävs att det finns ett så kallat ordnat mottagande i hemlandet. Det åligger Migrationsverket att utreda och lokalisera det ordnade mottagandet. Detta ska göras dels inom ramen för grundärendet och dels på verkställighetsstadiet. Finns det inget ordnat mottagande i hemlandet ska barnet beviljas uppehållstillstånd i Sverige. Så enkelt är det.

Trots detta utvisas barn på löpande band, utan att det finns något ordnat mottagande i hemlandet. Varför? Jo, för att Migrationsverket istället för att uppfylla sitt utredningsansvar och följa lagen, i praktiken lägger hela utredningsansvaret och bevisbördan på barnet. Det är barnet som tvingas utreda, eftersöka och därefter bevisa att det exempelvis inte finns någon manlig släkting i hemlandet.

Lyckas barnet inte uppfylla det extremt höga beviskravet försätts barnet i en omänsklig limbo utan rättigheter, medan Migrationsverket helt sonika väntar in barnets 18-årsdag, oaktat om den ligger veckor, månader eller år bort.

Det har nu gått tre år och utvisningen av Madhi är fortfarande inte genomförd. Men om ett par veckor fyller han 18 år och då krävs inget ordnat mottagande längre. Så då är det fritt fram för utvisning.

Så här får det inte gå till. Det är hög tid för Migrationsverket att ta sitt ansvar och slutar behandla barn som nummer på papper i avvaktan på deras 18-års dag.

Migrationsverket uppger för journalisten att ärendet inte har dragit ut på tiden, och hänvisar till att Madhi ansökte i juni 2015 och fick beslut i februari 2016. "Beslutet har således inte dragit ut på tiden".

Det är förvisso korrekt att beslutet om utvisning kom förhållandevis snabbt jämfört med många andra. Men kritiken avser såklart de *tre år* som därefter har passerat utan att Migrationsverket har lyft ett finger för att utreda huruvida det i praktiken finns något ordnat mottagande, eller utan att Migrationsverket i avsaknad av ordnat mottagande har beviljat Madhi uppehållstillstånd.

Migrationsverket ska göra en bedömning av om det finns ett ordnat mottagande i barnets hemland i två skeden av ett ärende. Den första gången är inom ramen för grundprövningen av asylärendet, inför att det fattas ett beslut om utvisning. **Det framgår av förarbetena att det inte ska fattas ett beslut om utvisning i det fall det redan inför ett beslut står klart att beslutet inte kan verkställas. I så fall ska barnet beviljas uppehållstillstånd.**

Detta är alltså första gången en bedömning ska göras. Migrationsverket har bevisbördan för att ärendet blir tillräckligt utrett, och att inte meddela ett beslut om utvisning som man bedömer inte går att verkställa.

Allt låter väldigt bra. Det är klart och tydligt och rättssäkert. I teorin. Problemet är att det de senaste åren har skett en förskjutning i Migrationsverkets praktiska handläggning av dessa ärenden. I praktiken lägger Migrationsverket i grundärendet hela bevisbördan på barnet. De vidtar i princip inga egna utredningsåtgärder, gör inga efterforskningar och i den mån barnet inte själv kan styrka att det inte finns något ordnat mottagande i hemlandet beslutas det om utvisning.

Av Utlänningslagen följer att ingen utvisning av ett ensamkommande barn får genomföras utan att den verkställande myndigheten har försäkrat sig om att det finns ett ordnat mottagande. Denna bedömning ska göras vid varje givet tillfälle.

Då Madhis utvisning inte har kunnat verkställas på över tre års tid får det anses vara en kvalificerad gissning att det ordnade mottagandet som man först trodde fanns, lyser med sin frånvaro. Därmed bör han vara berättigad till uppehållstillstånd.

Men istället väntar myndigheterna in hans 18 års dag då kravet på ordnat mottagande upphör. Grattis på födelsedagen säger svenska staten och köper en flygbiljett till ett av världens farligaste länder.

AVSLAGAVSLAGAVSLAG

I över två timmar berättar han sitt livs historia. Om övergreppen i hemlandet, om hur han tvingades på flykt, om den farliga resan, om hur hotbilden därefter förvärrats, om hur komplex den allvarliga situationen är idag, och om vad han fruktar vid ett återvändande.

Jag slås av hans målande beskrivningar, detaljrikedomen och inlevelse. Han stannar upp, ser ut att tänka tillbaka, kommer på sig själv med att glida in på ett sidospår, återgår till den röda tråden och fortsätter. I över två timmar.

Jag känner mig priviligerad över att få tillhöra den ringa skara som han anförtror sig åt. Jag ser smärtan i hans ögon och lider med honom i hans tårar. Jag slås med häpnad över hur han klarar av att redogöra så väl för så hemska omständigheter. Jag imponeras av hans minne.

Jag får följa med honom på hans resa genom livet och ta del av detaljer han aldrig förr berättat för någon. Aldrig förr behövt sätta ord på. Jobbiga upplevelser, svåra stunder, och minnen han helst aldrig mer vill röra vid.

Det är som att någon skulle läsa högt ut en välskriven roman. Förutom att ingen författare har skrivit något manus. Det är bara en man som berättar sin livs historia. Ur minnet. Och han berättar muntligt, löpande, varken inövat eller med innantillläsning. Han bara säger som det är, rakt upp och ned.

Jag tror på varenda ord han säger. Jag kan se miljöerna han beskriver framför mig. Hans känslor smittar av sig på mig. Det går inte att inte bli berörd. Det går inte att inte tro på det han säger. Det är en man som berättar sin livs historia. Inte för att han vill. Utan för att han måste. För att överleva.

Efter drygt två timmar tystnar han. Han har berättat allt han kan komma på och är märkbart påverkad och tagen av den känslomässiga storm han just genomlidit när han sökt sätta ord på de minnen som sårar, de som han helst vill glömma, de som är orsaken till att han fruktar för sitt liv vid ett återvändande till hemlandet. Det blir alldeles tyst.

"Den här killen behöver asyl" är allt jag kan tänka i det tomrum som uppstår när han tystnat. Han behöver asyl. Han behöver verkligen.

Och så bryts tystnaden. En medelålders dam harklar sig och uttalar sedan; men om de verkligen vill döda dig, då skulle de ju redan ha gjort det.

Och med ens är jag tillbaka i verkligheten. I nuet. Det här är ingen man som berättar sitt livs historia för de som vill lyssna. Det här är en man som kämpar för sitt liv. Som tvingas sätta ord på det som smärtar i förhoppning att den som lyssnar ska finna honom trovärdig. Hans uppgifter tillförlitliga. Hans behov av internationellt skydd sannolikt. Allt han söker är frid undan förföljelse.

Och han har just förlorat. Med en enda mening har Migrationsverkets handläggare slagit sönder allt hans hopp om att få en fristad.

En enda mening vittnar om total oförståelse, total avsaknad av förmåga att sätta sig in i någon annans situation, någon annans kontext, total ignorans gentemot det han har berättat, liksom total likgiltighet inför vad som komma skall.

Kvinnan tycker sig ha hittat akilleshälen i hans historia. Avsaknaden av logik. Något som avviker från våra svenska seder och bruk. Den enda lilla tillstymmelse till avvikelse från det "normalt brukliga", såsom vi är vana vid, det enda som tycks behövas för att kunna ställa allt på ända.

En enda punkt, som hon i sin svenska kontext inte kan, eller inte vill, förstå. En enda punkt är allt som krävs, och hon har fått vittring, hon söker grunder för avslag.

Emilie Hillert
25 november 2018

AVSLAGAVSLAGAVSLAG

Orden är slut, det existerar inte ett språk att uttrycka det som bor i min kropp, vanmakt, smärta, uppgivenhet, sorg och oändligt mycket frustration. Varje fiber, varje cell förgörs och äts upp av vanmakten. Jag vaknar och undrar om det är över ännu? Inser att det är ytterligare en dag att genomleva i denna känsla av akut kris. Känsla av fara, fara för mitt land, fara för mina vänner.

I mer än 18 månader har min kropp, mitt psyke försökt leva med att Sverige visar upp sin fulaste sida, en sida som tar hoppet ifrån mig.

Jag lät mig dras in i detta i tron av att jag skulle bidra med integration, underlätta nyanländas anpassning till Sverige. Deltog i språkcafé, vi tog oss igenom enkla texter, skrattade och lärde av varandra. En känsla av hopp och framtid. Snart skildes en grupp ut, ensamkommande. Små vilsna grabbar som började prata om avslag och åldersuppskrivning. Jag trodde jag förstod fel, kan inte vara rimligt att Migrationsverket avslår ansökan för en minderårig och utvisar till Afghanistan, Somalia och andra länder i kaos o krig. Tittar på den lilla killen framför mig och det tränger in, ja det sker. Mitt engagemang växte, allt mer uppdagades av något som tycktes vara märkliga beslut från Migrationsverket. Kom med i en rörelse, fick nya vänner, började läsa avslagen. Jo, det var helt riktigt, pojken framför mig har på pappret blivit flera år äldre genom en tjänstenotering på migrationsverket, ett barnansikte. Och så har det rullat på, beslut efter beslut som är helt rättsvidriga, hantering från hela asylmaskineriet som krossar allt i sin väg. Om detta har det redan skrivits ett stort antal bra texter, gedigna genomgångar om alla fel och brister, konsekvenser och resultat.

Men vad gör det med oss?

Vi som alltid gick på föräldramötet, bakade bullarna, skjutsade barnen till fotbollscupen – och tog med grannens ungar också – som givit sitt liv för jobbet, familjen och försökt bygga det goda livet. Inte ligga samhället till last, inte fuskat med sjukpenning och betalat rätt biljett på bussen.

Det var vi som öppnade dörren, och erbjöd en säng. Som vill skapa en trygghet till ett barn eller en ungdom som kommit en lång väg helt ensam. Som saknar sin mamma på natten och undrar var syskonen finns. Vem lever, vem är död? Vi vanliga knegare, samhällets ryggrad gjorde som vi brukar, det som behövdes, och som fortfarande behövs. Vi går samma väg som de ensamkommande, följer dem steg för steg genom asylprocessen. Avslagen drabbar oss lika hårt som dem, men på olika vis. Vi delar sorg och ilska. Vi ser deras skräck och ångest, vi vet att de lider i den utsträckta väntan. Hör deras dåliga nätter fyllda av mardrömmar, ångest och skräck. Kanske håller handen, kanske bara hör genom väggen. Somliga av oss ligger ännu mer på helspänn, minsta ljud kan betyda ett pågående självmord. Som en radar skannas både ungdom och miljön av, farliga saker packas undan och alla tecken på att fullständigt förlora fotfästet registreras. Vissa av oss går till jobbet på morgonen med vetskapen om att ungdomen kanske inte lever vid dagens slut. Några har tvingats göra den hemska upptäckten att hen nu tagit steget och tagit sitt liv.

Nu kära makthavare och politiker ska ni fundera några minuter vad det gör med oss som människor, som samhällsmedborgare och som del av landet Sverige. Kan man någonsin förlåta staten och myndigheterna när man tvingas ta ner sin ungdom hängandes i en snara? Runt varje ensamkommande finns ett 10-tal personer, lärare, kurator, vänner, familjehem eller boendepersonal, alla vi ser, lever och lider med de ensamkommande. Vi ser rättsosäkerheten, vi ser hur samhället sviker, en iskyla och en direkt diskriminering.

Man må tycka vad man vill om invandring etc. men att se medmänniskor försättas i den här situationen tar sitt pris. Ett pris vi betalar, men också hela samhället i ett längre perspektiv. Arbetsgivare som ser sina anställda bli mer och mer utmattade och dysfunktionella, halva dagar, sedan hela dagar och så sjukskrivning. Luckorna kommer att finnas i hela samhället, vi är allt från egenföretagare till förskolelärare, tjänstepersoner på andra myndigheter, kommunanställda, landstingsanställda, i skolan, omsorgen men även bibliotekarier, forskare, läkare, jordbrukare osv. Vi finns överallt i hela samhället, män men mest kvinnor, ung som gammal. Helt utan kontroll och oförutsägbart riskerar ett stort antal människor i vårt gemensamma samhälle att gå i väggen oförmögna att arbeta.

Vi kommer bära smärtan och sveket med oss. Vetskapen om när Sverige svek ett stort antal barn som under tiden hunnit fylla 18, hur de fått genomlida en obarmhärtig asylprocess med mängder av rättsosäkerheter på vägen. Vi glömmer inte, vi kommer bära såren med oss under en lång, lång tid framåt.

Mitt hjärta är hårt och kallt när jag tänker på mitt land, det land jag givit mina bästa år.

Lidandets omfång kan inte mätas, kan inte beskrivas, kan inte kompenseras. Kan snart inte längre berättas, för orden är slut.

Elisabet Rundqvist
18 oktober 2018

AVSLAGAVSLAGAVSLAG

I lördags tvingades vi att säga hejdå till vår underbara och älskade storebror. Det gör så fruktansvärt vansinnigt ont att behöva släppa taget om honom.

Våra barn är sex och åtta år gamla. Hur ska vi orka bära vår och deras sorg? Hur ska vi förklara samhällets svek mot den storebror vi älskar över allt?

Sverige valde att deportera vår fina kille till Afghanistan, trots att han har så starka individuella asylskäl. Han och vi har kämpat, slagits och gjort allt i vår makt för att göra hans röst hörd. Det spelade ingen roll vilka bevis vi la fram. Han blev ändå inte trodd. Det var en ojämn Kafkalik och rättsvidrig process mot Migrationsverket och andra myndigheter som redan hade bestämt sig innan att inte tro på vad han och alla dessa ungdomar har för skäl. En David mot Goliathkamp som han till sist förlorade. Kvar lämnas ett stort, smärtsamt tomrum som vi försöker vänja oss vid hela familjen. Han betyder så oerhört mycket för oss.

Han kom som ensam sjuttonåring till Sverige efter att ha genomlevt fruktansvärt hemska upplevelser, något som ingen människa borde få vara med om. Han har varit på flykt sedan han var 14 år, skild från sina föräldrar och ensam ansvarig för sin lillebror i ett främmande land. Nu är hans lillebror förvunnen, kidnappad.

Vår kille har inte levt de senaste åren, han har överlevt. För om och om igen har han blivit sviken av omvärlden.
När han för ett år sedan flyttade hem till oss och blev en del av vår familj började han äntligen landa för första gången på alla dessa år av flykt, han fann ork och trygghet att börja bearbeta de mörka trauman han har varit med om, började få hopp om att äntligen få en ljusare framtid. Han lärde sig svenska, svenska värderingar och hur en svensk familj fungerar. Han drömde om att snart kunna starta sitt liv här, med uppehållstillstånd, arbete eller utbildning i yrken som vi Sverige saknar arbetskraft i.

Men så snubblade han på målsnöret och rycktes upp från all trygghet och deporterades tillbaka till allt det som han har flytt från.
När ska det ta slut? Hur mycket ska en ung människa orka bära? Denna asylpolitik med den gravt inhumana asylprocessen och all den psykiska press som det innebär har fullkomligt krossat ungdomarna, och även snart mig. Jag förstår varför så många väljer att inte se vad som pågår, för det är så tungt att bevittna och hantera all denna sorg, förtvivlan, ångest, skuld, förvirring, trauma och otrygghet. Att försöka svara på frågan som inte har några svar; varför vill ingen ha oss? Vi har ju kämpat så hårt varje dag med att anpassa oss till det svenska, vi lär oss språket, går i skolan och hanterar vår rädsla och saknad. Jag kan inte förmå mig att svara att det räknas tyvärr inte, det spelar egentligen ingen roll vad du gör för detta handlar bara om kall och cynisk migrationspolitik. Det är valår förstår du och ni offras som en grupp att vinna röster på. Det är bara ett fulspel min vän.

Vi är många som ser hur Sverige som rättstat börjar krackelera. Sprickorna blir större och svårare för politikerna att täppa till. Deras desperation att utvisa dessa utsatta ungdomar för att vinna politiska poäng under valår är vidrig. Detta är ytterligare en skam som kommer att gå till historien, precis som t ex baltutlämningarna. Den stora sorgen är dock att det inte räddar de tusentals unga med tunga individuella asylskäl som just nu rättsvidrigt skövlas i denna vansinniga deporteringsfrenesi. Deras liv och framtid offras för billiga politiska poäng.

Det som bär oss uppe hela familjen är den varma kärlek vi möter från våra ungdomar. De ger så mycket tillbaka och jag kan inte komma ihåg hur vi var som familj innan vi blev förunnande med våra fantastiska storebröder. Vi har helt klart blivit rikare (och då menar jag inte i pengar då vi inte får ett endaste rött öre från staten för att vi följde politikernas uppmaning). Jag har inte ångrat en dag eller sekund att vi valde att öppna vårt hem för dessa fina tonåringar.

Nu sitter vi här med brustna hjärtan som blöder av sorg och en värkande saknad efter vår underbara älskade son och storebror som har slitits ifrån oss på det mest rättsvidriga sätt. Det känns så tungt.

Joanna Ågren
17 april 2018

AVSLAGAVSLAGAVSLAG

Varför, varför i hela friden lägger vi så otroligt mycket pengar på att handlägga, besluta, skrämma, bevaka, skjutsa, ordna möten, handlägga igen, skrämma ännu mer, ta i förvar, chartra flygplan, deportera och betala organisationer på plats som skall agera? Om det är ekonomi som oroar oss - humanitet och medmänsklighet är inte längre argument - varför lägger vi miljontals kronor, på att till varje pris ha sönder unga människor?

- Hej säger A och hoppar in i bilen. Vad snäll du är som följer med mig till MV (Migrationsverket) Johanna.

Handläggarna står på rad och hälsar välkomna. Det finns smörgåsar för dem som vill ha en sen frukost. Tillställningen påminner mer om en konferensdag. Ni vet, där mötesledarna ler brett, har sin datorer uppställda, med kaffemugg i handen och redo att leverera. Skillnaden är bara att de här "konferensdeltagarna" är alla ungdomar som varit här i ca fyra år. Fyra år! Pratar svenska, en del studerar och en del arbetar. De har alla gjort allt rätt, följt varenda kostsam procedur som MV krävt. Nu skall de ut, avvisas från Sverige och poängen idag, är att de skall göra det frivilligt!

Konferensen tar en ny vändning och nu påminner det mer om en samling inför en spännande resa, där MV-personalen ömsom agerar jobbcoacher, livsstils-förmedlare och reseledare. Afghanistan kan inte ta hand om sina medborgare, menar en handläggare, så det gör Sverige istället.
Det finns tre olika paket man kan välja, som alla innebär pengar; mött på flygplatsen, hotellrum och upprättande av en affärsplan. Att köpa en bil och köra taxi är en annan god idé menar man. Vill ni komma tillbaka så behöver ni göra det lagligt, genom att söka tillstånd på studier eller arbete. (Nya processer av tid och ekonomiska resurser)

A räcker upp handen.
- Ni pratar bara om pengar, hur mycket man kan få om man väljer det ena eller det andra paketet. Men det handlar inte om pengar, det handlar om mitt liv.
Efter mötet blir det enskilda möten.
- Nu skall vi se framåt och titta på dina möjligheter och lägga det gamla bakom oss, säger handläggaren och knappar på sitt tangentbord och ler.
- Man saknar IT kunskaper i Afghanistan, det är en kunskap du kan få nytta av. Det här kommer att gå bra det lovar jag. Du kan komma tillbaka till Sverige.
Se till att skaffa en arbetsgivare med justa villkor, så kan du söka arbetstillstånd på laglig väg.

Idag är det service och effektivitet som gäller. MV bjuder på skjuts till afghanska ambassaden så man kan ansöka om sina resehandlingar direkt och därmed vara hemma igen om bara ett par veckor. Vid avsked nytt handslag och försäkran om att allt kommer gå bra.

Ute i receptionen står ett skrämt barn. Han har fått fyra avslag och därmed blivit av med juridisk hjälp och sin god man. Han är vettskrämd över att lämnas på en av de chartrade bussarna till den afghanska ambassaden.

Nu när MV ordnat så effektivt och med hög service.

- Tack snälla Johanna för att du följde med mig idag säger A när han kliver ur bilen vid stationen för att fortsätta till skolan.

I skogen går ett svagt sus när vinden tar tag i de snötäckta grenarna. Himlen är blå och solen gnistrar. Hundarna leker och jag är fri. Fri att leva. Då kommer tårarna och de går inte att stoppa.

Johanna Strandh
6 februari 2019

AVSLAGAVSLAGAVSLAG

Denna skakande berättelse når oss via KOMPIS FALUN med uppmaning att sprida den vidare.

"Berättelsen är berättad av en kvinna och det är hennes ord. Berättelsen symboliserar samtidigt alla de Afghanska kvinnor som vi mött som sökt asyl ensamma eller med sina familjer. Berättelser som belyser livet i Afghanistan som kvinna/flicka som bekräftas av rapporter från Lifo, Rädda barnen, UNHCR, FN, Amnesty mfl.

Migrationsverket kräver bevis, när detta sällan finns blir slutsatsen ofta "ej trovärdig". I och med den hårdare asyllagen finns inte möjligheten att tillämpa "ömmande skäl". Det är en av anledningarna till att många familjer fått och nu får beslut om utvisning till Afghanistan."

"Vi kräver att deportationerna av afghanska barnfamiljer och unga stoppas omedelbart!"
" Vi kräver att "ömmande skäl" återinförs!"

MARYAMS BERÄTTELSE

Jag har så mycket smärta att berätta om. Jag har så många historier om kvinnors lidande i mitt huvud och i mitt hjärta så att jag sprängs.

Den här kroppen och detta huvud är bara 27 år, men jämfört med hur ni ser ut här i Sverige så ser jag ut som en gammal kvinna. Min dotter sade en dag: "Varför är du inte som andra mammor? Du är gammal och skrattar aldrig!" Ja, just så är det.

Jag föddes i en by i Afghanistan där livet var hårt, särskilt för oss kvinnor. Alla i vår familj var bönder eller dagarbetare på fälten. Det är ett samhälle för män och ingen lyssnar på oss. Vi har inga rättigheter. Jag har hittills inte berättat för någon ordentligt om vad som hände, men nu ska jag göra det.

När jag var barn och min syster var ungefär elva år, tvingade en man från en grannby henne att gifta sig med honom. Mina föräldrar kunde inte förhindra det. Först blev hon inte gravid. Då tog mannen en ny fru. De båda blev sedan gravida samtidigt. Lite senare tog talibanerna mannen och halshögg honom. När han inte kom hem, så gick min syster och den andra frun ut och letade efter honom. De såg hans bil uppe i bergen, så de gick dit. Fåglar flög runt på ett ställe där. Då såg de något som liknade hans kläder. Sedan såg de hans kropp. Den var helt styckad. Det är inte mänskligt att göra så. Talibanerna är som djur. Nej, de är värre. De gick runt och visade kroppsdelarna för barnen. Så gör inte djur. Barnen har fortfarande mardrömmar.

Förr i tiden i vår by var det alltid byäldsten och ett råd med män som beslutade och det var dit man vände sig om man hade problem, men vissa lokala män som fick pengar eller annan makt kunde ibland bara strunta i byäldstens beslut och använda våld för att få som de ville. Så gör också talibanerna. Så nu är där tre, eller faktiskt fyra, grupper av män som slåss om att styra och ställa i vilka frågor det än gäller. Den fjärde gruppen är IS. Och sedan finns där regeringsstyrkorna och polisen. Du tror kanske att de skyddar oss? Nej, nej, nej. Vi kvinnor är lika rädda för dem som för de andra. Därför går kvinnor ut så lite som möjligt och bara om de måste. Därför har jag, liksom alla de andra kvinnorna i byn, aldrig gått i skolan.

Jag var tretton eller fjorton år när jag gifte mig. Den rädsla jag kände minns jag än i dag, men jag hade tur för Faraz var inte som mina systrars män. Han var snäll och behandlade mig väl så jag tackade gud för mitt äktenskap. Min svärfar dog kort efter vårt giftermål och vi fick då ärva en bit jord som var fin och bra på alla vis. Jordlotten, som Faraz fick lagfart på i sitt namn, låg nära floden så man kunde enkelt vattna grödorna.

Några släktingar till min man, Hamraz och hans kusin Niaz, sade att jorden som vi hade ärvt var deras. De hotade min man och misshandlade honom. Snart började de hota också mig när jag var ensam ute på fältet. Vi gick till byäldsten för vi behövde hjälp. Vi hade ju alla papper på att jorden var vår, och vad skulle vi leva av om vi inte hade den? Alla var rädda för Hamraz. Vi försökte samla de äldre men ingen kom. De var också rädda. Hamraz är värre än talibanerna. Låt honom aldrig ta mina barn! Ta hand om dem som om de vore dina egna om jag inte längre kan!

Hamraz och Niaz fortsatte sina trakasserier. De sprang efter mig, slog mig och hotade mig. En dag när solen hade gått ner och jag just hade tagit ner korna och getterna från berget hände det som jag var så rädd för. Jag var ensam hemma med mina två barn.

Jag gick ner i källaren och skulle mata djuren som var där. När jag kom ner kom någon bakifrån och höll för min mun och stoppade en tygtrasa i munnen på mig. Det var Niaz. Han våldtog mig och sedan skrek han: "Nu har jag gjort mitt, och ditt liv kommer från och med nu bli ett helvete."

Om min man hade fått reda på detta så hade han kanske först slagit mig och helt säkert hade han skickat mig tillbaka till mina föräldrars hus. Sedan hade de kallat ihop hela byn och antingen gjort ett hål i marken för mig och sedan stenat mig till döds, eller så hade de hällt kokhett vatten i min mun och i min slida tills jag hade dött. Det är straffet i vår by för en kvinna som har blivit våldtagen.

Talibanerna säger att det står i Koranen att det ska vara sådana straff. Därför är vi tysta. Men det är konstigt att det står så i Koranen, för de äldre säger att det inte var sådana hemska straff förr i tiden. Vem har då ändrat i Koranen?

Min man såg att jag var blåslagen och chockad. Jag sade att Hamraz och Niaz hade slagit mig men berättade inget om våldtäkten. Några dagar senare misshandlade båda kusinerna Faraz och sade att de skulle komma tillbaka och döda honom. Vi fick pengar av Faraz syster och hennes man så att vi kunde fly. Jag orkar inte berätta om flykten för jag minns inte så mycket mer än att det var otäckt och farligt och som en mardröm och att det tog lång tid, flera månader. Vi gick på nätterna, åkte lastbil, båt och tåg och var alltid skräckslagna och utmattade.

Vi kom till Malmö i september 2015.

Du undrar kanske varför vi valde Sverige? Vi valde ingenting, vi bara gjorde som smugglarna sade. Vi visste inte ens om att det fanns länder som hette Turkiet, Tyskland eller Sverige.

Egentligen ville jag berätta om våldtäkten för Migrationsverket, men jag fick inte riktigt någon chans. Till slut var det en advokat som fick mig att berätta lite och hon ville också att jag skulle berätta för Migrationsverket. Det var svårt för jag skakade i hela kroppen och munnen blev alldeles torr så jag kunde inte prata. Jag kunde bara nicka eller svara ja eller nej. Det var en hel hög med män som satt och stirrade på mig.

Migrationsverket säger att min historia inte låter sann och att vi inte behöver skydd så de ska utvisa oss nu. De tycker att vi ska tillbaka till vår by. Vi har varit på återvändarsamtal och de sade att vi ska åka frivilligt för då får vi 75000 kronor när vi kommer till Afghanistan. Jag svarade: "Vi kommer alla att bli dödade om vi åker dit. Då är det bättre att vi dör här och nu. Skulle du sälja ditt och din familjs liv för 75 000 kronor?"
Min äldste son gråter hela nätterna. Varje morgon är hans kudde helt våt av tårar.
"Mamma, varför ska vi åka tillbaka till Afghanistan? Mamma, varför är vi så dåliga så att de vill skicka oss tillbaka?" frågar han.
"Jag vet inte, jag orkar inte tänka", svarar jag då.
Ibland är jag helt tom. Jag känner mig som en stenstaty.

"20 killed, 48 injured in attach targeting Hazara Community in Quetta"

Gud ser du inte?

Gud ser du inte?
Gud hör du inte?
Gud känner du inte?
Gud tycker du inte att det är orättvist?
Gud tänker du inte att det är för mycket?
Gud tycker du inte att det räcker nu?
Gud mina tårar rinner när jag ser det!
Gud det skakar i hela min kropp när jag hör det!
Gud det känns så jobbigt och svårt när jag känner det!
Gud tycker du inte att det är elak mot fattiga folk!
Gud tänker du inte att nu du måste göra något!
Gud jag tycker att det har blivit för mycket nu,
tycker du inte det!

Mohammadamid Faqirzada
23 juni 2019

Författaren okänd
lördag 25 mars 2017

"jag är här för att överleva"

Mitt födelselands gator är inte längre grå av asfalten, gatorna är rött av mitt folks blod, det luktar färsk blod hela tiden. Varje vecka dödas 300 - 400 människor i Afghanistan inte bara av talibaner och IS utan även av soldater som kommer från europeiska länder och USA förstår du?

Varför väljer man att vara tyst om de hemska händelserna i Afghanistan? Om du inte vet får jag berätta för dig. Vem vill lämna sitt älskade födelse-land och ger sig i ett främmande land?
Vem vill lämna det man är växt med och födas på nytt i ett främmande land?
Vem vill skilja sig från mor, far och vänner? Vem kan ersättas min egen mor, far, min familj
Vem vill begrava sina nära och kära och ge sig ensam i väg, i en väg som kan våldta, i en väg som kan slå sönder, i en väg som kan kväva och skjuta en människa i hoppet att överleva?
Jag har inte flyttat hit för att njuta av livet. Jag är här för att jag är trött att sova och väckas av skottlossningar, bomber, skrik och sönderslagna kroppar som bärs på folkets blodiga axlar med ropet: áÇ Çáå ÇáÇ Çááå. Det finns ingen gud förutom Allah.
 Allah, jag undrar hur kan du se så mycket elände och vara tyst om det.

I Syrien har varit krig i ett antal år, jag sörjer med dem och jag vet vad kriget är kapabel till. Men i mitt land Afghanistan har varit krig i 40 år, förstår du, i 40 år?

Det sägs att alla människor är lika värde. Men i verkligheten är det inte så. Vad är det som gör att man väljer utvisa afghaner som har gått igenom samma helvete som syrier, KRIGET I 40 ÅR? MISSTOLKA MIG INTE!

Jag menar inte att syrier inte ska få rätt till asyl. Varje människa som riskerar att bli fångad, torterad. och mördad ska få rätt till asyl att bosätta sig en bit mark i världen och känna sig trygg. Jag har kommit hit. Jag har sökt skydd i den här marken. Jag är inte här för att njuta av livet.

JAG ÄR HÄR FÖR ATT ÖVERLEVA. FÖRSTÅR DU, ÖVERLEVA?

Jag har förlorat min bror och min far. Jag har blivit torterat. Min kropp är fylld av tortyrens ärr. Jag står inte ut med mer smärta, med mer hot.

JAG ÄR HÄR FÖR ATT ÖVERLEVA. VAD SKA JAG MER GÅ IGENOM FÖR ATT HAR RÄTT TILL ASYL?

Mohammadamid Faqirzada
18 juni 2019

Han som delar sitt leende med alla

Han som aldrig klagar,
Han som aldrig visar sin smärtor,
Han som ser ut helt men har gått sönder på tusen biter,
Han som delar sin leende med alla men alla sina smärtor med en enda cigarett,
Han som bryr sig inte om sin drömmer men han som gör allt för att du och jag ska ha en fint dröm,
Han som är skit trött från jobbet, från livet, från smärtor,
Men när du frågar honom då han svara med leende att allt är bra,
Han som säger jag mår bra fast han är sjuk,
Han som skrattar framför dig fast han gråter,
Han som du aldrig ser tårar på hans ögon fast han gråter hela tiden,
Han som aldrig hinner att tänka på sig själv, men tänker på dig och mig hela tiden,
Han som går hemifrån innan solen går upp och kommer efter när solen har gått ner,
Pappa,
Förlåt att jag kunde inte säga det att jag älskar dig innan du gick,
Pappa förlåt att jag var inte med dig när du gick,
Pappa förlåt att jag kunde inte hjälpa dig innan du gick,
Pappa jag vet, att du förstår mig att hur mycket jag älskar dig fast jag hunnit inte säga till dig innan du gick, Pappa,
Pappa förlåt att jag förstått inte dina smärtor innan du gick,
Pappa hör du mig,
Pappa hör du mig,
Pappa jag älskar dig mer och mer än det någon kan älska nån,
Pappa jag saknar dig mer och mer än det någon kan sakna nån,
Pappa,
Pappa jag är stolt över dig mer och mer än någon kan ha stolt över nån,

Nasr Faghiri
25 juni 2017

Ge oss livet, låt oss leva livet

Vi är ensamkommande afghaner som hamnat i en ofrivillig strid mellan politik och religion.

Vi föddes i ett land i krig mellan öst och väst. Under uppväxten upplevde vi flykt förnedring slaveri våld och även var vittnen till att våra nära och kära blev våldtagna både pojkar och flickor. Våra mödrar och systrar blev nedslagna och bortrövade av andra folkgrupper.

Under 2015 så såg vi en gnista av hopp när Europa öppnade gränserna mot flyktingar och då lämnade vi våra det enda som vi hade kvar i livet dvs våra föräldrar och syskon. Flydde till Europa i hoppet att kunna stadga oss i ett land utan våld och diskriminering.

När vi kom till Sverige så blev vi bemött som en folkgrupp och behandlade oss med omsorg och respekt. Vi omhändertogs med kärlek. Detta var något som vi aldrig hade upplevt tidigare i livet.

Vi fick tak över huvudet och vi fick mat men mest av allt vi fick respekt och kärlek.
Vi lärde oss att älska istället för hämnd och mycket annat som vi inte visste att de existerande.

Idag har det gått drygt 1,5 år och regeringen bestämt sig att vi ska skickas tillbaka till samma elände som vi kom ifrån.
När vi kom hit så var trasiga både i kropp och själ. Tiden läkte våra kroppsliga sår och folkets kärlek lindrande våra själar.
Vi blev födda på nytt och vi slutade att överleva och vi började leva.
Nu har allt blivit mörkt igen.
Vi ska skickas tillbaka till döden. Det verkar som att vi hade en vacker dröm i 1,5 år och nu vaknar till verkligheten.
Vad händer med all kärlek??
Vad händer med all löften om mänskliga rättigheter och jämlikhet???
Är vi inte människor längre??
Förtjänar vi inte längre att leva??

Vi vänder oss till er och vädjar om era barmhärtighet och att ge oss en chans att kunna visa vår tacksamhet till er. Låt oss stanna kvar i Sverige och tjäna landet och folket.
Ge oss möjligheten att kunna leva i ett fritt land och kunna andas frihet. Skicka oss inte till döden. Vi vill gärna tro att det fortfarande finns mänsklighet och det finns eldsjälar.

I vår tradition så ger vi gåvor till varandra vid nyår. Ge oss den dyrbaraste gåvan man kan ge till en annan: ge oss livet, låt oss leva livet.

Muhammed j Muhammedi

Ur hans bok "Jag står inte ut men jag slutar aldrig att kämpa" 2019

HazSam

Sedan jag anlände till detta avlånga land har min förvirring kring min identitet och etniska bakgrund fortsatt. Ibland tar längtan över att få besitta samma rätt till att existera som andra icke papperslösa har. Längtan blir då så kraftig att livet känns meningslöst. Det är då döden gör sig påmind och ilskan väcker min själ om natten.

Jag vill inte vara i livet och tänka på döden som en befrielse från de orättvisor som gör sig påminda i min vardag. Det här går inte att styra för så länge som jag inte har rätten till att existera på samma villkor som övriga människor som är privilegierade med en tillhörighet, kommer döden och ilskan fortsätta besöka mig på nätterna.

Efter en stor sökinsats och ett brinnande engagemang fann jag i Sverige en etnisk grupp som jag kände kunde relatera till hur det är att vara oönskad och bortförd från en geografisk plats. Det var när stötte på Samernas historia som det egentligen blev svart. Det borde ha blivit ljust men det blev svart, helt nattsvart. För det var då jag insåg att Sverige som land själva systematiskt hade diskriminerat minoritetsgrupper i Sverige.

Allt det jag hade flytt ifrån fanns plötsligt framför min näsa. Vid en närmare efterforskning blev likheterna mer och mer klara som en molnfri sommarhimmel i Augusti.

I likhet med samerna hade jag som hazara ett ursprung från livet som nomad. Och precis som hazarer hade samerna blivit tvingad till att flytta och var mer eller mindre oönskade. Vissa hade dött och vissa ville dö pga den orättvisa som omfamnade dem. Det fanns en tid i

Sverige, inte allt för länge sedan då det var "vetenskapligt" bevisat att Samer inte var tillräckligt smarta och att deras liv var ämnade till att göra det de alltid hade gjort. De levde i gränslandet mellan liv och död när de fråntogs rätten att själva bestämma över sina liv. Det sorgliga är att än i dag kämpar samerna för sina rättigheter.

Det mest skrämmande som jag har reflekterat över är de återkommande "vetenskapliga metoder" som Sverige väljer att använda. Samerna blev katalogiserade och rasbiologiska institutet i Uppsala höll räkenskap på samernas egenskaper genom att mäta deras kranier. På liknande vetenskapliga grunder har Sverige använt sig av metoder för att tillskriva oss attribut som passar dem. Genom att mäta våra knän och ta kort på våra tänder har många av oss blivit anklagade för att vara lögnare och har därmed blivit tillskrivna nya åldrar.

Samerna blev analyserade och anklagade för att inte vara tillräckligt smarta. Vidare anklagades de för att ta mark som inte var deras. Hazarer blev dödade för att de anklagas för något som hände flera århundraden historiskt sätt.
Kanske utsätts inte Samerna för target killing och bombdåd men de blev och blir systematiskt utfrysta. En del av dem dog till och med av svält en gång i tiden så skillnaden är egentligen inte så stor enligt mig.

Muhammed. J Muhammedi

Ur hans bok Jag står inte ut men jag slutar aldrig att kämpa. Utgiven 2019

Nordanåker

I en röd stuga omgiven av åkrar och där bergen
majestätiskt skymtas bor jag.

I Nordanåker viskar vinden hemligheter till den som vill höra.

I Nordanåker brinner himlen under solnedgångarna och vattnet
smakar som om det kom i från livets källa.

Det är platsen där tranorna dansar vals på fälten och rådjuren leker
stillsamma lekar i dungen.

I Nordanåker är du aldrig ensam, kalvarnas nyfikna ögon ser in till ditt
inre. Där är det aldrig tyst för där sjunger lammen kvällssonater

Fåglarna kvittrar och ekorrarnas svansar putsar
tegelpannorna blanka

I en röd stuga omgiven av åkrar och där bergen
majestätiskt skymtar finns mitt hem.

Muhammed.J Muhammedi

Ur hans bok Jag står inte ut men jag slutar aldrig att kämpa. Utgiven 2019

Jag vill också vara värd livet

När Quettas stjärnhimmel var det enda som lyste upp den stora staden,
tog jag min cykel och cyklade till platsen där drömmar fortfarande levde.
Syrsornas sång höll mig sällskap där jag satt och betraktade hur bergstopparna smekte stjärnhimlen. Där och då fanns drömmar om en mening med livet. Där och då fanns det en förhoppning om att det bakom bergen skulle finnas en annan värld, en värld där alla människor var värda livet. Där jag var värd livet.

När Dalarnas stjärnhimmel är det enda som lyser upp Nordanåker brukar jag gå ut och titta på den. Jag brukar tänka tillbaka på tiden då drömmar var det som höll mig vid liv. Kvar finns bara en dröm.
Jag vill också vara värd livet.
Jag står inte ut men jag slutar aldrig kämpa!

Efterord

Vi är så många som bär på vittnesmål från vår samtid, som ser det som nu sker, som hör det som måste höras men skriker för döva öron. I den här boken samlas några av våra röster. På sida efter sida blottas en del av den historia vi nu är med och skriver. Det finns inga ursäkter längre. Den inhumana behandlingen av asylsökande barn och unga har sprängt anständighetens gränser. Vi skäms, vi som står nära. Vi skäms och vi skräms. För det Sverige vi en gång kände har förändrats framför våra ögon. Vi är många som inte längre känner igen oss, som säger "Inte mitt Sverige".

Den fruktansvärda situation som dessa barn och unga nu befinner sig i påverkar oss alla. Vi som för några år sedan öppnade våra hjärtan och våra hem, tog emot skyddslösa unga och gav tröst, trygghet och omsorg, vi som hjälpte sargade själar att läka – vi står nu med trasiga hjärtan och bevittnar hur våra ungdomar på nytt tvingas fly, hur allt det som vi med stor möda till slut lyckats bygga upp raseras av misstroende myndigheters strukturella psykiska misshandel av asylsökande barn och unga. Det är fullkomligt outhärdligt, inhumant och oacceptabelt.

Texterna i den här boken visar att vi är många som tagit dessa barn och unga till våra hjärtan. Som älskar dem som våra egna barn. Efter flera års kamp tvingas de nu på flykt. Igen. Tvingas till avsked. Igen. Kvar står vi och livet blir aldrig någonsin sig likt. För någonting har gått förlorat. Det handlar inte bara om alla de separationer vi tvingas genomlida eller den rättsosäkerhet som ungdomarna fallit offer för. Det handlar också om att vi som nu står kvar har tappat vår tillit och tilltro till svenska myndigheters förmåga att skydda och värna om de allra mest utsatta. Det är ett högt pris för ett samhälle att betala!
Där är vi nu.

Lyssna till dessa ungdomars berättelser. Lyssna till oss som finns runt omkring. Försök förstå! Det handlar om liv och död. Det handlar om barnen, våra barn.

En medmänniska i boken skriver "Vet ni hur svårt det är för ett traumatiserat barn att tala?" och sätter fingret på ett av problemen: Myndigheterna saknar kunskap om barn. Och i takt med att avslagen haglar medicinerar vi bort de värsta post-traumatiska stressymptomen med sömnmedel och antidepressiva preparat. Allt medan myndigheters ständiga misstroendeförklaringar ytterligare förvärrar den psykiska ohälsan. Hur många liv ska offras? Hur mycket lidande bortom vad ord kan förklara ska vi tvingas bevittna och genomgå?
Samtidigt: Så många skratt. Så många kramar. Så mycket kärlek och medmänsklig värme. Så mycket liv!

Se barnen och ungdomarna, se deras ryggsäckar och se deras jackor som lämnats kvar i hallen. Se oss som står kvar. Detta vansinne måste få ett slut. Nu. Låt de unga stanna – för allas vår skull.

Karin Hallén Sehlin

Alla människor i världen
har inte ID-handlingar
av svenska mått.
I Afghanistan saknas ett
centralt folkbokföringssystem.
En majoritet av befolkningen är
analfabeter och de flesta barn
föds i hemmet.
Kriget har pågått i snart 40 år.
Det är inte som i Sverige.
Men afghaner är riktiga människor
ändå - som du och jag.
Ändå tvångsutvisas just afghaner
till ett land i krig –
dom har ju inga ordentliga ID-handlingar.

EvaMärta Granqvist

Peo Hansen
Artikeln, här något förkortad, är tidigare införd i Dagens Etc.
12 september 2019

Invandringen rustar Sverige

Enligt riksdagsmajoriteten har flyktingarna varit en dyr affär för Sverige och därför måste "volymerna" ner. Med hjälp av en europeisk utblick förklarar Peo Hansen varför detta är ett grovt felslut.

Flyktingar ökade intäkterna

När regeringen i april 2016 presenterade sin ekonomiska politik meddelade man att statens flyktingutgifter hade ökat underskottet och skulle fortsätta att göra det både 2016 och 2017. Det blev precis tvärtom: 2015, 2016 och 2017 slutade samtliga med överskott. Flyktingutgifterna ökade aktiviteten och tillväxten i ekonomin och därmed ökade också statens skatteintäkter.

Med EU:s och enskilda länders regler om balans och överskott i statsbudgeten tappar politiken blicken för samhället. Regeringar strävar mot budgetbalans men frågar inte längre hur en balanserad samhällsekonomi borde se ut. Resultatet blir att samhällsekonomin hela tiden tappar balansen – med arbetslöshet, ökad ojämlikhet, skenande privat skuldsättning och uteblivna offentliga investeringar som följd.

Hur ska vi få råd?

Häri ligger också det fatala misstaget att inte göra skillnad mellan finansiella resurser och reella resurser. Vi hör ofta om de växande behoven i välfärden, att det saknas 65 000 lärare eller 45 000 sjuksköterskor. Men innan vi ens fått börja reflektera över detta reella resursproblem har finansdepartementet förvrängt det till att framstå

210

som ett finansiellt resursproblem. Var ska vi hitta pengarna? Hur ska vi få råd att anställa fler?

Men detta är bara ett annat sätt att ställa den absurda frågan om vi har råd med samhället.

Såklart har vi råd, men då måste vi först förstå att det verkliga problemet alltid är reellt. För vad händer om de reella resurserna i form av arbetande människor inte finns att tillgå? Med nuvarande finanspolitiska ramverk luras vi dock att tro att det är pengarna som är bristvaran och att staten därför alltid måste sträva efter finansiell balans. Istället för att förbättra arbetsmiljön och höja lönerna för att försöka få fler att vilja arbeta inom omsorgen skär regeringen nu ner inom äldreomsorgen – man vill spara 300 miljoner kronor.

Vi får därför aldrig chansen att utreda den verkliga framtidsfrågan: tänk om personalbristen i välfärden består trots att vi har råd att anställa, trots att vi har pengarna?

I stället stannar allting upp vid ett falskt konstaterande om den "demografiska utmaningen": det är dyrt med många gamla, unga och flyktingar; kostnaderna för dessa grupper riskerar att sluka mer finansiella resurser än vårt finanspolitiska ramverk klarar av. Så resonerar politiker och 9 av 10 ekonomer idag. Men att ett land har många gamla, unga och flyktingar är ingen finansiell utmaning utan en reell utmaning, och för att anta utmaningen måste den finansiella balansmanin ge plats åt den sociala ingenjörskonsten.

Italien dammsugs

Italien är ett land som fullständigt tappat balansen. Inget land i EU har en befolkning med en högre andel äldre. Samtidigt upplever Italien den största utvandringsvågen på flera årtionden. Situationen blir inte bättre av att andra EU-länder dammsuger Italien på vårdpersonal. Detta för att möta de ökade behoven inom äldreomsorgen

Likväl har landets dåvarande vice-premiärminister, Matteo Salvini, hela tiden hävdat att Italiens stora problem stavas för mycket invandring. Landet klarar nämligen inte av att ta hand om sina egna fattiga och då har man inte råd att ta emot flyktingar. Salvini har skrutit om att den minskande invandringen sparat pengar som har gjort det möjligt att anställa fler poliser som i sin tur ska minska invandringen ytterligare.

Polen öppnar gränsen

Polen är ett annat EU-land som lider svårt av massutvandring. Regeringens nya förslag: slopad inkomstskatt för polacker under 26. Varför? Jo, för att locka tillbaka alla unga som strömmat ut ur landet sedan Polens EU-inträde 2004. Läser man OECD:s skattning ser man att det bor runt 2,5 miljoner polacker i andra i EU-länder.

Men detta är inte den enda åtgärden Polens regering har vidtagit. Till skillnad från Italien har regeringen sedan några år tillbaka också öppnat landets östra gräns för EU:s i särklass största invandring. Ja, ni hörde rätt. Enligt den gängse mediebilden är ju Polen, tillsammans med Ungern och Danmark, EU:s mest invandringsfientliga land. Detta stämmer i retoriken, men inte i praktiken. Sedan 2014 kan så många som två miljoner ukrainare ha anlänt till Polen. Enligt OECD var Polen 2016 det OECD-land som tog in flest arbetskraftsinvandrare i absoluta tal: 670 000! USA kom tvåa med 660 000.

Men nu är ju ukrainarna inte muslimer, för sådana skyr Polens regering som pesten. Det vet ju alla. Men då vet man ingenting. De senaste åren har nämligen arbetskraftsinvandringen från Bangladesh, Indien och Pakistan även den ökat. 2017 skrev det kristna Polen och det muslimska Bangladesh under ett samarbetsavtal för att öka arbetskrafts-invandringen från Bangladesh.

Flyktingar reella resurser

Trots vissa medgivanden om att det finns ett invandringsbehov framhärdar Polens regering sin invandrings- och muslimfientliga retorik. Men svekdebatten kring den förda politiken gror. Förra året anklagade oppositionspartiet Nationella rörelsen regeringen för att i det tysta vara i färd med att ersätta polackerna med ukrainare och muslimer.

Utanför Polen är det dock tyst om landets status som EU:s största massinvandringsfäste. Det "epitetet" prenumererar Sverige istället på, och hela Europa verkar veta vad det "kostat" oss. När exempelvis brittiska The Guardian (10/9 2018) analyserade det svenska valet förra året betonade man att "163 000 migranter" hade satt ytterligare press på ett redan "hårt pressat välfärdssystem" som bland annat lider av "läkarbrist" och "långa operationsväntetider". Invandrarna förlänger alltså köerna i vården och trycket från invandrarna får det svenska välfärdssystemet att rämna.

Men Invandrarna belastar inte välfärden. Istället bär de upp välfärdssektorn, arbetar i den, kortar köerna och tar hand om de gamla. Enligt en färsk OECD-rapport ser vi att över 13 procent av sjuksköterskorna i Sverige är utlandsfödda; över 30 procent av läkarkåren i Sverige är utlandsfödd (en stor andel kommer från Irak); och av de som arbetar inom äldreomsorgen idag är var fjärde utlandsfödd.

Och hör och häpna, i en skrivelse om "Framtidens äldreomsorg" från förra året medger regeringen faktiskt följande: "Utan utlandsfödda kvinnor och män skulle äldreomsorgen få stora problem att klara sitt uppdrag."

Likväl vårdar regeringen lögnen om att vi inte har råd att ta emot flyktingar. Men flyktingarna är ju samma reella resurser som vår äldreomsorg idag inte klarar sig utan.

Hetsar mot "massinvandring"

Som alla vet talar politiker i de flesta EU-länder dessutom om migrationen som en muslimsk och afrikansk invasion. Just därför är det polska exemplet så talande, för här fortsätter regeringen att hetsa mot invandringshotet, samtidigt som den öppnat dörren för en sällan skådad massinvandring som nu också drar med sig ett växande antal muslimer.

Polen har försökt lösa sin massutvandringskris med ökad invandring, och har lyckats ganska väl. Detta står i bjärt kontrast till hur situationen ser ut i andra EU-länder som drabbats av massutvandring. Sedan EU-inträdet 2007 har Rumänien fått se runt 3,6 miljoner människor lämna landet (ungefär 16 procent av befolkningen). Enligt FN är det bara Syrien som haft ett större utflöde mellan 2000–2015. Rumänien formligen töms på läkare och annan vårdpersonal samtidigt som de rika EU-länderna njuter av bytet.

Utvandringsländer förlorar, invandringsländer vinner. Varför? Jo, därför att människor är reella resurser som inget land kan vara utan. I ett EU där samtliga länder har en åldrande befolkning har naturligtvis de med många barn, unga och arbetsföra bättre förutsättningar att ge omsorg åt sina äldre än de vars arbetsföra befolkning utvandrar. Likafullt tar sig vinnarna rätten att beskriva migrationen som ett hot och en finansiell börda.

Sverige bäst rustat

I regeringens ovan nämnda skrivelse om "Framtidens äldreomsorg" gömmer sig även följande passus: "Antalet personer i befolkningen i den mest arbetsaktiva åldern väntas öka från 5,7 miljoner år 2015 till 6,3 miljoner år 2035. Det är de utrikes födda som beräknas stå för hela ökningen av personer i yrkesaktiv ålder."

Här ser vi den verkliga konsekvensen av Sveriges relativt höga flyktinginvandring: Inget EU-land står bättre rustat än Sverige för att anta den demografiska utmaningen. Men det här är en realitet som Magdalena Andersson inte vill kännas vid. I hennes finanspolitiska ramverk räknas nämligen reella resurser inte som tillgångar, utan bara som finansiella bördor som riskerar de "sunda statsfinanserna". Detta förklarar också varför finansministern tror att hon rustar Sverige för framtiden genom att skära i äldreomsorgen, sänka kostnaderna för flyktingintegrationen och be de "kostnadskrävande" flyktingarna "söka sig till ett annat land". Detta är också ett skrämmande exempel på en politik som fullkomligt tappat balansen.

Peo Hansen är professor i statsvetenskap på Institutet för forskning om migration, etnicitet och samhälle (Remeso) vid Linköpings universitet.

Martin Andreasson

På Landvetter Flygplats

Sitter nu på Landvetter flygplats.
Är fullständigt trasig. Benen bär inte. Luften har gått ur en.
Ett av de svåraste avskeden i hela mitt liv.
Min älskade bror Qasim har precis gått igenom säkerhetskontrollen
och skall åka mot Kabul.
Igår sa han, "Jag kommer aldrig inte glömma dig, du är min storebror"
Det värmde och gjorde ont!
Idag i bilen på väg till Landvetter försöker jag hålla mig stark men det
går inte.
När han nu säger till mig det sista han gör "Bror jag älskar dig, glömma
aldrig. Och jag vill säga förlåt om jag gjort något fel mot dig"
Mitt hjärta bara brast. Han har inte gjort ett enda fel överhuvudtaget!
Inte ett enda! Världens snällaste och finaste kille som skött sig i
Sverige, flytt från helvetet i Afghanistan, lärt sig perfekt svenska, och
velat skapa sig ett liv i säkerhet. Som vi är bortskämda med här i
Sverige.

Nu är han på väg till Kabul. Till ett land fyllt av terror och krig.
Jag vet inte var jag skall ta vägen.
Är full av oro över detta. Jag är så ledsen och knäckt.
tårarna flödar, bara rinner just nu.
Denna fina kille får nu lämna oss för helvetet på jorden!
Och han lyckades vara stark och sammanbiten.
Jag skäms att jag inte lyckades hålla mig stark tills han åkte. För jag är
ju kvar i mitt säkra land Sverige.
Han är på väg tillbaka till det liv han flydde undan.
Undan kriget. Undan talibanerna. Undan våldet. Undan slaveriarbetet.
Benen bär oss inte nu när han åkt. Luften har gått ur oss.
Men nu måste vi kämpa så att vi kan stötta honom härifrån och bara
hoppas att allt efter omständigheterna kommer gå bra!
Men fan hjärtat går sönder! Fullständigt!

Qasim vi kommer aldrig glömma dig. Aldrig någonsin. Aldrig. Och du har aldrig gjort något fel någonsin! Aldrig! Vi älskar dig till månen och tillbaka.

Allt kommer att gå bra för dig!

Nu får man bryta ihop lite och kämpa vidare efter ett tag för en bättre värld!

Margareta Söderberg
2 oktober 2019

SHAME ON YOU! SHAME!

ÄNNU EN MASSUTVISNING AV ÖMTÅLIGA MÄNNISKOR AVKLARAD. MED VAKTER, HAND- OCH MIDJEFÄNGSEL, SPRUTOR, SVARTA HUVOR OCH CHARTRADE PLAN. MILJONERNA RULLAR. ÅNGESTEN KAN SKÄRAS MED KNIV

Mitt språk har inget ord som täcker detta skändliga barbariska beteende, ovärdigt den som vill kalla sig människa. Det är ett Omänskligt beteende, iskallt, känslolöst beteende som skadar obotligt, dödligt - i första hand dem som utvisas, men också hela vårt samhälle. Vår s.k. demokrati dras i smutsen, all medmänsklighet och social gemenskap som mödosamt byggts upp i vårt land under decennier av kamp och uppoffringar trasas sönder, rivs upp och trampas ner i brun gyttja. Och vi som "valt" dessa makthavare som låter detta ske, vi tvingas stå bredvid, maktlösa, i förtvivlan och skam över ett land som faller sönder inför våra ögon.

När blev **OMÄNSKLIGHET** vårt lands signum?

Ska vi behöva stå här och låta omänskligheten råda? Var är vår talan? Var är de mänskliga rättigheterna? På vilken sophög är de slängda? Hur kan ni använda värnlösa människor som brickor i ert politiska rävspel? Hur vågar ni?

Nu planerar ni för obligatoriska "ankomstcentra" där asylsökande ska förvaras under asylprocessen ni pliktskyldigt genomför. De ska hållas i karantän tills ni kan utvisa dem igen. Till varje pris får de inte ha kontakt med människorna som bor här i landet. Ni vill slippa varje känslomässig inblandning.

"Vi ska inte ha fler flyktingar. Vi ska ha färre" säger vår statsminister till Sydsvenskan idag 10 oktober 2019 när Turkiet anfaller Kurdistan och hundratusentals människor flyr för sina liv.

Vilken värld lever ni i? Vilka vindar tror ni er vända med detta?

Ska ni bygga en järnridå kring vårt land ?

Ska vi sitta här i vårt fina lilla land och skumma grädden på moset och inte släppa en jävel över bron? Och kasta ut dem som lyckats slinka in? Och sen undan för undan rensa ut allt och alla som inte passar in ?

Ska vi ha vårt eget lilla gotte-getto och ge fan i vad som än händer i världen därutanför? Var kommer den visionen ifrån om jag får fråga?

Och du som läser det här -hur vill du ha det? Vilken framtid vill du ge dina barn? Tänker du bara fortsätta skumma grädden?

Nu tar jag i från tårna, det är nödvändigt. Det handlar inte bara om orättfärdiga utvisningar, som du kanske väljer att inte se. Det handlar om att Omänskligheten breder ut sig och förr eller senare kommer vi alla att drabbas. Det handlar om vilket land vi väljer att möta framtiden i.

Väljer vi ett anständigt land, ett land som tar ansvar, går före och inte bygger murar mellan människor, då är det en kamp vi måste föra var och en och alla tillsammans. Den börjar med vår egen anständighet. Våra "ledare" är bara vanliga ofullkomliga människor som vi andra. Det är vi som ska leda dem. (All makt utgår från folket) Det är vi som ger dem mandat för att genomföra de goda besluten. Och gör de inte det måste vi själva handla. Vi bär alla ansvaret.

SÅ VAD GÖR VI KAMRATER?   VAD I HELVETE GÖR VI?

Mohammadamid Faqirzada
6 juli 2019

Pappret är fullt

Pappret är fullt och pennan ger inte längre färg ifrån sig,
Men Gud jag är inte klar, jag har mycket kvar, jag måste säga det,
Jag måste säga det till någon, Mitt hjärta är full, med smärtor och
sorg,
Det är många som har lämnat mig ensam,
Snälla penna gör inte du som de andra, jag har bara och bara dig,
det är du som jag kan lita på och delar mina smärtor och sorg med
dig,
Nu pennan ger färg men pappret är blöt,
Mina tårar har skrivit det som jag har aldrig vågat att skriva,
Mina tårar har ritat det på pappret som jag har aldrig vågat att rita,
Mina tårar har skrivit det som jag har aldrig tänkt på,
Mina tårar har gjort det som jag har aldrig trodde på,

Innehåll

221